버스
놓친
날

LE JOUR OÙ J'AI RATÉ LE BUS

© RAGEOT-ÉDITEUR-PARIS, 2003-2006

No part of this book may be used or reproduced in any manner whatever without written permission except in the case of brief quotations embodied in articles or reviews.

Korean Translation Copyright © 2007 by Chungeoram Junior

Korean edition is published by arrangement with Rageot Editeur through BookCosmos Agency, Seoul Korea.

이 책의 한국어 판 저작권은 북코스모스 에이전시를 통한 저작권자와의 독점 계약으로 청어람주니어에 있습니다.
신저작권법에 의해 한국 내에서 보호를 받는 저작물이므로 무단전재와 복제를 금합니다.

이 도서의 국립중앙도서관 출판시도서목록(CIP)은 e-CIP 홈페이지(http://www.nl.go.kr/ecip)에서 이용하실 수 있습니다. (CIP제어번호: CIP2007003264)

버스 놓친 날

장 뤽 루시아니 글 • 김동찬 옮김

청어람주니어
Chungeoram Junier

차례

2:8 가르마 • 7

학교 버스 • 11

어버버버 • 15

늦잠 자는 자명종 • 20

택시 운전사 조 • 24

처음 받아 본 여자 애 선물 • 28

버스 여행 • 35

전화통에 불나다 • 39

무임승차 • 46

실종 신고 • 51

기차 여행 • 56

대답 없는 물음 • 61

숫자 천재 • 65

전문가 • 72

대항해 • 78

알렉상드르 • 82

세상 끝에서 • 88

유명한 선생님 • 94

우연한 만남 • 96

부모님을 다시 만나다 • 101

또 하루 • 107

옮긴이의 말 • 118

2:8 가르마

"벵자멩 다그리에, 아빠도 아빠 시간표가 있어. 아빠 시간표는 안 중요하니?"

아빠 다그리에는 벵자멩에게 중요한 부탁을 할 때면 언제나 저렇게 목소리를 깔아. 하지만 내 시간표대로 하면, 벵자멩은 아직 2분 더 욕실에 있어야 해. 매일 아침 시간표는 똑같아야 하거든. 토요일, 일요일은 제외하고. 주말 아침에는 일찍 눈을 뜨더라도 침대 밖으로 나와서는 안 돼. 시간표에 늦잠을 잔다고 되어 있으니까. 시간표와 계획표는 굉장히 중요해. 시간표대로 하지 않겠다는 사람은 지구가 거꾸로 돌아도 좋다고 말하는 것과 같아. 그러면 이 세상은 엉망이 되어 버릴 거야. 어……어…… 그런 것, 난, 못 참아! 못 참아!

자명종이 울리면 6시 45분이야. '여섯', 난 이 발음을 잘 못해. 내가 6시 45분에 일어난다고 말하면, 다들 5시 15분이라고 알아들어. 그리고 왜 그렇게 일찍 일어나느냐고 물어보지. 어…… 어…… 그런 것, 난, 못 참아! 못 참아!

6시 45분에 일어나서 제일 먼저 15분 동안 아침 식사를 해. 엄마 다그리에의 계획표대로 우리 집 아침 식사는 언제나 우유와 콘플레이크야. 엄마는 '우유말이옥수수'라고 바로잡아 줘. 아빠도 한마디 덧붙이지. "우리는 미국인이 아니잖아? 그리고 아침 식사에 미국인을 초대할 것도 아니고."

동생 다그리에가 내 식사까지 준비하지. 동생 다그리에는 착해. 하지만 난 그 애를 믿을 수 없어. 실수를 자주 하거든. 그래서 나는 우유말이옥수수를 다시 세어 봐. 60개에서 80개가 제

8

일 적당해. 개수가 틀리면 안 돼. 그건 아주 큰일이야. 우유말이 옥수수의 개수는 시간표 같아. 우습게보면 곤란해. 우유말이옥 수수를 다시 셀 때마다 동생은 싫은 표정으로 날 쳐다봐. 하지 만 나도 어쩔 수 없어. 다시 세지 않을 수 없는걸. 개수를 딱 맞 추지 않으면 세상이 거꾸로 돌아갈 거야. 그러면 사람들은 자기 가 어디에 있는지 도저히 알 수 없게 된단 말이야. 우유말이옥 수수는 시간표 같은 거니까.

아침 식사가 끝나면 7시부터 7시 10분까지 세수하고 머리를 빗어. 세수하는 데 10분씩이나 걸리는 게 이상하지? 욕실이 2층 에 있어서 그래. 계단을 오르내리는 건 굉장히 힘들고 어려운 일이야. 너희와 비교하면 안 돼.

머리를 단정하게 빗는 것은 아주 중요해. 난 정성을 다해 가 르마를 타지. 난 2 : 8 가르마 전문가야. 내가 가르마를 타고 있 으면 아빠는 꼭 한마디 해. 사실은 내가 부러워서 그러는 거야. 아빠는 오래전에 빗을 머리가 없어졌거든. 하지만 대머리는 좋 은 거야. 왜냐하면 다른 사람보다 최소한 5분은 빨리 외출 준비 를 끝낼 수 있으니까. 대머리가 얼마나 큰 축복인지 아빠가 꼭 알았으면 좋겠어. 젊은 나이에 대머리가 되는 사람은 흔하지 않거든.

마지막으로 옷을 입는 데 20분이 걸려. 옛날에는 10분밖에 안 걸렸어. 엄마가 도와줬거든. 혼자 옷을 입기 시작한 것은 열세 살 생일날부터야. 열세 살이면 많이 자란 거니까. 동생 다그리에처럼 나도 내 손으로 옷을 입겠다고 엄마한테 말했지. 덕분에 옷 입는 시간이 10분 더 길어졌어.

시간표대로 하면, 7시 30분에 준비가 다 끝나. 7시 30분, 2:8 가르마를 탄 나 벵자멩 다그리에는 현관에 서서 이렇게 말해.

"벵자멩은 준비 끝났어요, 아빠."

좋아, 이번 한 번만 양보하겠어. 아빠에게 내 2분을 빌려 줄래. 하지만 이런 일은 잦으면 안 돼. 사람들이 시간표를 지키지 않으면 세상은 엉망이 될 거야. 어…… 어…… 그런 것, 난, 못 참아! 못 참아!

학교 버스

현관 앞에서 나는 엄마 다그리에와 동생 다그리에에게 인사를
해. 엄마는 동생을 학교에 데려다 주고 엄마 학교로 가고, 아빠
다그리에는 나를 학교 버스 정류장까지 데려다 주고 아빠 회사
로 가. 그리고 학교 버스는 나를 학교까지 데려다 줘.

우리 형제는 다른 학교에 다녀. 동생은 초등학교에 다니고,
나는 특수학교에 다니지. 우리 학교는 장애가 있는 아이들이 다

녀. 교장 선생님은 '장애아'라는 말을 싫어해. '특별한 친구들'
이라는 말을 더 좋아하지.

정확히 7시 45분, 엄마가 일요일마다 빵을 사는 빵집 옆 정
류장에 학교 버스가 도착해. 7시 35분에 집을 나서니까, 10분
동안 버스 정류장으로 가면 돼. 집에서 버스 정류장까지 거리는
1킬로미터 하고도 314미터야. 10분이면 충분하지. 매일 아침 아
빠 차를 타면 나는 거리계를 들여다보곤 해. 숫자는 시간표와
같거든. 숫자를 아는 건 정말 중요해. 숫자를 모른다면 세상은
엉망이 될 거야.

아빠 차는 아빠가 운전하고, 학교 버스는 알베르 아저씨가
운전해. 알베르 아저씨의 성은 몰라. 몇 년 전부터 나는 그냥
"안녕하세요, 알베르 아저씨!" 하고 인사해.

버스에 타면 나는 내 자리에 앉아. 내 자리는 알베르 아저씨
뒤 둘째 줄 창가 자리야. 어떤 때는 다른 애가 내 자리에 앉아
있을 때도 있어. 어…… 어…… 그런 것, 난, 못 참아! 못 참아!

그럴 때면 나는 고개를 숙이고 통로에 가만히 서 있을 수밖
에 없어. 세상이 거꾸로 돌아가고 있으니까. 학교 버스의 자리

는 시간표 같은 거야. 사람들은 자기 자리를 지켜야 해. 그렇지 않으면 세상이 거꾸로 돌아가서, 사람들은 나처럼 고개를 숙이고 오랫동안 가만히 서 있어야 한단 말이야. 내가 그렇게 우두커니 서 있을 때면 알베르 아저씨가 와서 내 자리에 앉아 있는 애를 다른 자리에 앉혀. 그렇게 해야 온 세상이 제대로 돌아가. 그래야 학교 버스도 출발할 수 있어.

아빠 다그리에는 버스가 출발할 때까지 길가에 서 있어. 나는 아빠에게 손을 흔들어. 그러면 아빠도 오른손을 흔들지. 그렇게 인사하고 나면 우리는 18시까지 못 만나.

가끔 집에 돌아오는 길이 막힐 때도 있어. 어…… 어…… 그런 것, 난, 못 참아! 못 참아! 엄마가 걱정하잖아. 그럴 때면 나는 크게 소리 질러.

"더 빨리! 알베르 아저씨!"

그러면 알베르 아저씨는 투덜대면서 이렇게 말해.

"내가 길을 막았냐? 나도 어쩔 수 없어!"

알베르 아저씨의 변명 따위는 우리에겐 안 통해. 내가 소리지르면 다른 애들도 모두 나를 따라서 소리 질러.

"더 빨리! 운전사 아저씨! 더 빨리! 알베르 아저씨!"

그러면 알베르 아저씨는 더 큰 소리로 투덜대.

"그만 해, 악동들. 그만! 좀 조용히 해! 버스 뒤집어지겠어!
내가 길을 막았니? 내가 길을 막았어?"

어버버버

이게 다 내가 엄마 다그리에 뱃속에서 서둘러 나왔기 때문이야.
나는 여덟 달도 안 돼서 태어났대. 너무 일찍 나온 거지. 그때는
어려서 시간표가 중요하다는 사실을 몰랐나 봐.

나는 갓난아기였을 때 26개월 동안 병원에서 살았어. 어항
비슷하게 생긴 유리 상자 안에서 말이야. 온몸에 주삿바늘과 이
상한 줄을 잔뜩 달고 있었지. 부모님은 유리 상자 밖에 서 있었

어. 엄마와 아빠가 이야기해 준 거야. 난 아무것도 기억나지 않아. 너무 어렸으니까.

나는 이른둥이였어. 이른둥이라는 말은 발음하기 너무 어려워. 그런 것, 난, 못 참아! 다들 이른둥이라는 말이 더 좋다고 하지만, 난 미숙아라는 말이 더 좋아. 이쪽이 훨씬 쉽거든.

나를 잘 모르는 사람이 우리 집에 손님으로 오면 처음부터 설명해 줘야 해. 그래야 내가 왜 이렇게 됐는지 잘 이해할 수 있지. 그 일은 언제나 내가 해.

사람들이 내 말을 듣고 정어리처럼 눈이 휘둥그레져서는 입을 헤벌리고 멍하니 나만 보고 있으면, 아빠가 그 사람을 도와줘. 어떤 사람이 정어리처럼 변한다는 건 그 사람이 내 말을 못 알아들었다는 거야. 그 사람에게는 세상이 거꾸로 돌아간다는 뜻이지.

내가 왜 이렇게 됐는지 알고 나면 사람들은 친절해져. 그렇다고 모든 사람이 내게 친절한 것은 아니야. 나를 놀리는 사람들도 많아. 엄마가 그러는데, 그런 사람들은 바보거나, 내가 무섭거나, 아니면 둘 다래.

사람들이 내 말을 잘 못 알아듣는 것은 내가 어려운 낱말을 내 방식대로 짧게 말하고, 또 어떤 것들은 정확하게 발음하지 못해서 그래. 어…… 어…… 그런 것, 난, 못 참아! 참지 못할수록 나는 더 어버버버할 수밖에 없어. 나는 긴장 푸는 법을 먼저 배워야 해. 우리 물리사(물리치료사)가 나만 보면 하는 말이야. 아…… 물리치료사란 말도 나한테는 어려운 단어야. 정확하게 발음할 수가 없어. 안마사 아저씨라고 부르는 게 더 쉬워. 우리 안마사는 재미없는 사람이야. 난 안마사 아저씨에게 이렇게 물어보고 싶어.

"아저씨는 긴장을 풀 수 있어요? 아저씨가 내 입장이라면 말예요."

우리 사이에 번역가가 있어서 너희는 지금 내가 하는 말을 잘 알아들을 수 있지만, 소리 나는 대로 옮기면 이렇게 된단 말이야.

"아어쓰이너어 기… 기자흐 프르스 이… 이케쓰여, 파… 퍄햐 아… 아어쓰가 내헤 이… 이차흐에 이아머 마에여."

내가 매일 겪는 어려움을 반만 겪어도 사람들은 엄청 긴장

할걸? 나의 하루는 극지 탐험을 떠난 모험가의 하루와 마찬가지라고. 내가 하루를 살면서 어떤 문제에 부딪치는지 들어 볼래? 잘 들어 봐. 자 시작한다!

100미터 걸어가기, 계단 기어서 올라가기, 욕조에 들어가기, 이 닦기, 정확하게 말하기, 보통 사람처럼 흘리지 않고 밥 먹기, 컵 들어 올리기, 흘리지 않고 물 마시기, 침대에 바로 눕기, 혼자 옷 입기, 화장실 가기, 아프지 않게 고양이 쓰다듬기, 전화 받기, 가게에서 물건 사기, 한 단어 이상 글씨 쓰기, 컴퓨터 자판 누르기…….

오늘은 이쯤 해 두자고. 벌써부터 질리면 곤란하니까.

얼마나 많은 일이 나에게 모험으로 다가오는지 나도 정확히 몰라. 매일 새로운 모험이 펼쳐지거든. 한마디로 인생 자체가 모험이라고 할 수 있지. 1분 1초가 어려움의 연속이야.

자, 다시 한 번 물어볼게.

"나와 같은 상황에서 누가 긴장하지 않을 수 있겠어?"

이제 좀 이해할 수 있지? 나와 같은 몸을 가지고 세상을 살아가면서 긴장하지 않는다면 약간 머리가 이상한 것 아니야? 나를

둘러싼 환경이 습관대로 돌아가지 않으면 내 삶은 순식간에 엉
망이 되어 버려.

늦잠 자는 자명종

어느 날 자명종이 늦잠을 잤어. 그렇게 해서 내 모험이 시작된 거야. 자기가 해야 할 일을 잊고 잠들어 버린 자명종 때문에 엄마 다그리에와 아빠 다그리에가 시간표대로 일어나지 못했고, 정말 끔찍한 아침이 됐어. 우리 식구 모두 제정신이 아니었어. 허둥지둥, 우왕좌왕, 머리가 뒤로 돌아가 버린 것처럼, 난리도 아니었지.

엄마는 대학교에 아주 중요한 수업이 있기 때문에 전력을 다해 학교로 달려가야 했어. 선생님 없이 수업이 시작된다고 생각해 봐, 정말 끔찍하지 않아? 그래서 아빠가 동생을 학교에 데려다 주어야 했지. 아빠도 무지하게 바빴어. 그날 아침 사업상 엄청나게 중요한 회의가 있었거든. 그래서 딱 동생을 데려다 줄 시간밖에 없었어. 난 아빠에게 말했어.

"학교 버스만 타면 돼요. 학교 버스가 날 데려다 줄 거예요. 학교 버스는요?"

"너무 늦었어, 버스는 이미 떠났어."

"어…… 어……."

"긴장하지 마, 벵자멩. 이제 어떻게 해야 할지 알려 줄게. 아빠가 휴대전화로 택시 회사에 전화를 걸 거야. 그러면 택시 회사에서 벵자멩을 학교까지 데려다 주라고 택시를 보낼 거야. 벵자멩은 그 택시를 타야겠지? 그리고 택시가 벵자멩을 학교까지 데려다 줄 거야. 앞으로 10분쯤 기다리면 택시가 집 앞으로 올텐데. 벵자멩, 혼자서 기다릴 수 있겠니?"

새 시간표가 마음에 안 들었어. 아직 할 일이 너무 많이 남았단 말이야. 우유말이옥수수도 세어야 하고, 가르마도 타야 하는데……. 습관을 바꾸는 것은 좋은 일이 아니야. 그러면 세상이 거꾸로 돌아갈 수도 있어.

하지만 어쩔 수 없지. 아빠를 이제 거짓말쟁이로 임명합니다.

"좋아요. 나는 집 앞에서 택시를 기다리면 되는 거죠?"

아빠가 웃으면서 말했어.

"고마워, 벵자멩 아주 용감하구나. 어른이 다 됐어. 오늘 저녁 집에서 만나는 거다! 택시를 타고 가면서 창밖을 잘 봐. 학교 버스가 벵자멩을 학교까지 데려다 주던 그 길을 그대로 지나갈 테니까."

동생 다그리에가 뛰어와서 나를 꼭 껴안고는 귓속말로 "형이 자랑스러워" 하고 속삭였어. 난 뭐라고 대답해야 할지 모르겠더라고. 그냥 동생의 어깨를 토닥토닥 두드렸지. 그리고 환하게 웃어 주었어. 주름이 너무 많이 생기지 않게.

이것 참 이상한 일이야. 내가 형이거든. 나는 조금 있으면 열네 살이 된다고. 그런데도 언제나 동생이 – 그 애는 열 살이야 – 나를 돌봐 준단 말이야. 가끔은 나에게 형이라고 부르지 않을 때도 있어. 그래도 나는 내 동생을 엄청나게 사랑해.

아빠 차가 멀어지고 있어. 아빠가 차창 밖으로 손을 흔들었어. 나도 손을 흔들었지. 하지만 아빠가 봤는지는 모르겠어. 아빠 차가 길 모퉁이로 사라졌거든. 그리고 나 혼자 길 위에 남았어. 이유는 모르겠지만 마음 한구석이 찌릿하게 아팠어. 이제 택시를 기다리기만 하면 돼.

택시 운전사 조

조셉 알지오는 정확히 오전 7시 47분에 무전을 받았다.

"초등학생, 라시페드 52번지에서 생티스 특수학교까지. 송신."

조셉은 재빨리 무전기를 잡았다.

"조셉 알지오, 현재 위치는 봉스쿠르가, 5분 이내 도착!"

"조셉 알지오, 라시페드 52번지로."

하루 종일 지글지글 잡음을 내는 무전기는 어느새 다른 택시를 호출하고 있었다. 조셉은 무전기를 껐다. 이렇게 하면 최소한 20분 동안 조용히 시간을 보낼 수 있다. 그의 하루는 그다지 녹록하지 않았다. 좁은 택시에 웅크리고 앉아 열 시간 동안 손님을 상대하는 건 결코 쉬운 일이 아니다. 화난 사람, 멀리 돌아가는 게 아닌지 의심하는 사람, 사소한 꼬투리를 잡아 구박하는 사람, 돈을 못 내겠다고 버티는 사람, 늦었으니 빨리 가자고 재촉하는 사람, 별별 손님이 다 있다.

조셉은 15년 동안 택시에 틀어박혀서 마르세유 시내를 누비고 다녔다. 공기가 점점 나빠지고 있었다. 조셉의 머릿속은 온통 여름휴가와 여행 생각뿐이었다. 부드러운 모래톱, 수영복, 푸른 파도…….

조셉은 점점 구석으로 몰리는 것 같았다. 너무 외로웠다. 은행 대출금 갚으랴, 아이들 학교 문제에 신경 쓰랴, 이런저런 크고 작은 문제 사이에 끼어 빠져나갈 구멍이 없었다. 그가 꿈꾸던 삶은 이런 게 아니었다. 그의 삶은 점점 지루해지거나, 그렇지 않으면 더 힘들어졌다. 조셉은 스스로도 거기에서 벗어나려고 노력하지 않았다고 생각했다.

목구멍 안쪽에서 쓰디쓴 침이 돌았다. 그래도 조셉에게는 자신만의 도피 방법이 있다. 손님이 없을 때면 그는 상상에 빠진다. 상상 속에서 그는 언제나 영웅이다. 플롱비에르 육교 밑을 통과해 벨드메 쪽으로 올라가면서, 조셉은 오늘 아침 위대한 항해자로 변신했다. 그는 지금 홀로 태평양을 횡단하고 있다. 목표 지점은 얼마 남지 않았다. 항해가 이대로 계속된다면 세계기록을 수립할 수도 있다.

조셉은 가속 페달을 밟았다. 얼마 남지 않았다. 1초라도 빨리 도착해야 한다. 그는 오른쪽으로 돌았다. 베르나르-카데나 광장 쪽이다. '콰쾅' 타이어가 터졌지만, 그는 듣지 못했다. 그의 귀에는 보트 옆구리를 때리는 성난 파도 소리였을 뿐이다.

프리쉬 터널을 지났다. 길가에 버스를 기다리는 사람들이 보인다. 아니다! 저 사람들은 버스를 기다리는 것이 아니라 조셉을 응원하러 나온 것이다. 위대한 항해자, 작은 배 한 척으로 노를 저어 태평양을 홀로 횡단한 조셉 알지오, 70여 일간의 고독을 이겨낸 용감한 조셉 알지오!

'힘내, 조! 위대한 조셉!'

그렇다! 조셉은 길거리에 나와 그를 응원하는 수많은 사람들을 실망시켜서는 안 된다. 영웅에게 그것은 죄악이다! 내일 아침 신문은 온통 조셉 이야기로 도배가 되어 있을 것이다. 네거리에서 신호등이 황색으로 바뀌었다.

"이럴 수가, 지금은 안 돼!"

목적지를 눈앞에 두고 여기서 좌초할 수는 없었다. 가속 페달을 밟았다. 황색등은 붉은색으로 바뀌었다. '아…… 이런!' 조셉은 눈을 감았다. 만약 네거리를 무사히 통과한다면 그는 세계 기록을 수립할 것이다. 그러나 만약 통과하지 못한다면…….

"역사적 대기록!", "조셉 알지오! 홀로 노를 저어 태평양을 횡단하다!", "21세기의 모험가!" 하고 외치는 소리와 사람들의 웅성대는 소리, 조셉의 경호를 맡은 경찰들의 "비켜요, 비켜" 하는 소리, 사이렌 소리가 조셉의 귓가에 아련하게 남았다.

그날 오전의 사고는 정말 굉장했다. 생마르트 언덕 꼭대기까지 충돌음이 메아리쳤으니까.

처음 받아 본 여자 애 선물

나는 길에서 택시를 기다리고 있어. 머릿속에 시계를 만들어 시간을 재고 있었어. 벌써 415초가 지났어. 아빠 다그리에가 동생 다그리에를 데리고 떠난 후 지금까지 열여섯 대의 자동차가 지나갔지만 그중에 택시는 없었어. 빨간 차가 다섯 대, 그중 한 대는 지붕이 없는 차였어. 자전거도 두 대 지나갔어. 유모차를 밀고 가는 아주머니가 한 명, 유모차 안에 아기도 한 명 있었어.

남자 애 하나가 인라인스케이트를 타고 지나가면서 나를 이상하게 쳐다봤어. 그리고 개 한 마리가 내 앞에서 이빨을 드러내고 으르렁거리다가 갔어. 세상이 거꾸로 돌아가나 봐. 원래대로가 아니야. 난 이런 것, 못 참아! 만약 사람들이 마음대로 행동하고 시간표를 지키지 않는다면 세상은 거꾸로 돌아갈 거야. 그리고 내 시간표도 엉망이 되겠지. 아빠는 10분만 기다리면 된다고 했는데, 이것 봐, 내 머릿속 시계는 벌써 500번 똑딱 했단 말이야. 택시는 여전히 보이지도 않아.

인라인스케이트를 타고 내 앞을 지나갔던 남자 애가 우리 집 쪽에서 다시 나타났어. 이번에는 혼자가 아니네. 남자 애 둘, 여자애 하나랑 같이 오고 있어. 인라인스케이트를 탄 남자 애가 내게 손가락질을 하고 있어. 난 그 애가 왜 그러는지 모르겠어. 상관없어, 나를 아나 봐. 하지만 사람한테 손가락질하는 건 예의 바른 행동이 아니야. 엄마 다그리에가 그렇게 말했어. 그 애들은 천천히 내게 다가왔어.

　"내 말이 맞지? 이 새끼 좀 이상하다고 그랬잖아."

난 정말 참을 수가 없어. 처음 지나갈 때는 동물원 원숭이 쳐다보듯 하더니, 이제는 친구들과 나타나서 나한테 손가락질하고, 내가 이상하다고 말했어. 그리고 새끼라고 욕도 했어. 화가 나. 나는 온몸을 뒤틀면서 소리쳤어.

"야, 너는 네 신발이나 똑바로 봐! 네가 신고 있는 건 택시가 아니잖아!"

너희는 내가 뭐라고 말했는지 알아들었지? 우리 사이에는 번역가가 있으니까 말이야. 하지만 그 애들은 좀 놀랐나 봐. 무슨 말인지 하나도 못 알아들었어.

"이 새끼가…… 뭐라는 거니?"

"술 취한 것 아니야?'

"술 먹었나 봐, 제정신이 아니야."

그 애들은 더 가까이 다가왔어. 내 주위를 빙빙 돌면서 손가락으로 나를 찔러 보기도 했어.

"가만 내버려 둬! 그렇지 않으면 머리통을 날려 버릴 테야!"

나는 또다시 온몸을 뒤틀면서 소리쳤어. 나 같은 애가 열네 살짜리 남자 애의 머리통을 어떻게 날릴 수 있을까? 그것도 셋

씩이나……. 나도 잘 몰라. 내 동생은 열 살밖에 안 됐지만 나보다 훨씬 세거든. 그래도 그렇게 말하고 나니 속은 시원했어. 그때 여자 애가 앞으로 나섰어.

"그만 해! 이 아이는 장애인이잖아. 보면 모르겠어?"

여자 애는 내 어깨에 손을 얹고 부드러운 목소리로 말했어.

"괜찮아, 천천히 깊이 숨을 들이마셔 봐. 진정해, 긴장을 좀 풀고 말해 봐. 내가 잘 들어 볼 테니, 너도 천천히 말해."

나는 여자 애가 시키는 대로 했어. 그래서 알아들을 수 있게 말할 수 있었지. 전혀 어버버버하지 않았어.

"나는 택시를 기다리고 있어. 나는 생티스 특수학교까지 가야 해. 택시가 나를 잊어버렸나 봐."

여자 애가 물었어.

"생티스 특수학교에 간다는 거지, 내 말이 맞아?"

나는 고개를 끄덕였어.

"좋아, 걱정하지 마. 저기 버스 정류장 보이지? 45번 버스를 타. 그리고 일곱 정류장을 센 뒤에 여덟 번째 정류장에서 내려. 생티스 특수학교 바로 앞에서 내릴 거야."

나는 여자 애 말이 끝나기를 기다렸다가 입을 열었지.

"어…… 어…… 알겠어. 그런데 어…… 어…….."

여자 애는 정말 똑똑했어. 내 마음을 전부 다 알고 있는 거야. 한마디도 덧붙일 필요가 없었다니까. 다 알고 있었어, 내 마음을.

"왜 그래? 버스표가 없구나? 그렇지?"

나는 고개를 끄덕였어.

"내가 줄게."

여자 애는 내게 파란색에 갈색 줄무늬가 있는 버스표를 주었어. 난생처음으로 여자 애한테 선물을 받은 거야. 그때 마침 거리 모퉁이에서 버스가 나타났어.

"마침 저기 버스가 왔구나. 넌 운이 좋아."

여자 애가 웃으며 말했어. 그리고 버스 운전사에게 손짓을 했어.

"너, 일곱까지 셀 수 있지?"

"숫자로 말하면 난 천하무적이야."

"잘됐어. 버스표를 내고, 자리에 앉아서 일곱 정류장을 세.

그리고 여덟 번째 정류장에서 내리는 거야. 기억하지?"

"그럼 당연하지, 고마워."

"별말씀을."

친절한 친구들은 내가 버스에 오르는 것을 지켜봤어. 버스를 타는 데 시간이 좀 걸렸어. 발판이 높았거든(너희에겐 아무것도 아닐 수 있지만). 언제나 그렇듯이 나는 혼자 해냈어. 내고집은 아무도 못 꺾어. 누구의 도움도 받지 않고 혼자 힘으로 버스에 올랐지. 그런데 버스가 갑자기 출발해서 하마터면 넘어질 뻔했어. 여자 애가 손을 흔드네. 나도 손을 흔들었어. 다른 손으로는 기둥을 꽉 잡고 말야. 난 저런 여자 애랑 결혼할 거야. 버스는 속력을 올렸고, 나는 의자에 앉았어. 나는 정류장을 세는 데 정신을 집중했어.

●

인라인스케이트를 탄 소년이 소녀에게 물었다.

"멜라니, 네가 어떻게 알아? 저 버스가 생티스 특수학교로 가는 줄은?"

소녀가 대답했다.

"나는 아무것도 몰라. 그리고 저 버스가 어디로 가는지도 몰라. 여덟 번째 정류장에 내리면 그 병신은 정신 차리기 힘들걸?"

한 소년이 폭소를 터뜨리며 말했다.

"너 정말 끝내 주는구나."

"우와, 정말 대단해."

다른 소년이 말을 받았다.

인라인스케이트를 탄 소년이 멜라니를 칭찬했다.

"못된 것으로 하자면 넌 여왕이야."

"그럼 아니기를 바랐어? 이건 유전이야. 난 우리 엄마를 꼭 닮았지."

한 무리의 소년, 소녀가 손뼉을 치고 웃으면서 멀어졌다.

버스 여행

45번 버스에 올라 운전사 뒤 두 번째 좌석에 앉았어. 이건 좋은 일이야. 알베르 아저씨 뒤에 앉은 것 같았거든. 그래서 긴장이 조금 풀렸어. 하지만 지금은 참을 수가 없어. 이상해. 세상이 거꾸로 돌아가는 느낌이야. 낯익은 게 하나도 없어. 나는 학교 가는 길을 완전히 외우고 있어. 1,645번이나 학교를 왔다 갔다 했는걸. 그런데 오늘은 이상해. 참을 수가 없어. 아무것도 모르겠단 말이야. 처음에는 보통 아침과 똑같았어. 벽에 낙서가 가득한 우체국, 꽃가게, 꽃가게 옆의 신호등, 신호등의 빨간불, 열일곱을 세면 파란불로 바뀌고. 그런데 두 번째 정류장부터 세상이 거꾸로 돌아가기 시작했어. 전혀 모르는 것들만 보여. 어……어…… 이런 것, 난, 못 참아! 못 참아!

시간표, 습관, 버스, 길가의 건물들, 왜 오늘 갑자기 모든 것이 바뀌었을까? 왜 자명종은 잠들었을까? 왜 택시는 오지 않았을까? 이렇게 되면 세상 사람들은 평생 동안 자기가 어디에서 무엇을 하는지도, 무엇을 해야 하는지도 모르고 살게 될 거야.

버스가 여섯 번째 정류장에 도착했어. 역시 전혀 모르는 곳이야. 거리에 사람들이 점점 많아지고 있어. 천지사방이 사람들로 가득해. 걷는 사람들, 뛰는 사람들, 서로 부딪치는 사람들, 서로 쳐다보지도 않고 지나가는 사람들. 도로에는 자동차도 엄청나게 많아. 자동차 꽁무니에 자동차가 붙고, 그 뒤에 또 붙고, 또 붙고, 또 붙고. 이제 커다란 뱀처럼 변했어. 45번 버스는 계획표대로 일곱 번째 정류장에 가야 하는데, 앞에서 가던 하얀색 자동차가 멈춰 버렸어. 우리 뒤에도 다른 자동차가 붙었어. 이제 정말 꼼짝 못하게 된 거야. 점점 시끄러워지고 있어. 경적은 경적대로 울리고, 사람들은 사람들대로 점점 더 크게 떠들고 있어. 나는 점점 머리가 아파 왔어. 사실 난 너무 흥분해서 정신을 잃고 있었어. 그때 갑자기 누가 큰 소리로 외치는 거야.

"더 빨리! 운전사 아저씨! 더 빨리!"

곧 깨달았지. 바로 나였어. 어떻게 된 영문인지 모르겠지만 내가 바보짓을 한 게 분명해. 버스 안에 있는 사람들이 전부 정어리처럼 눈을 동그랗게 뜨고, 입을 헤벌린 채 멍하니 나를 쳐다보는 것을 보면 말이야. 지금 난 학교 친구들과 함께 있는 것도 아닌데.

그래, 나는 오늘 제대로 인생을 살고 있는 거야. 보통 사람의 삶을 사는 거지. 보통 사람들에 대해 알게 된 첫 번째 사실은 길이 막혀서 버스가 가지 못할 때 남자 애가 몸을 이리저리 뒤틀면서 빨리 가자고 소리치는 모습을 보면 다들 정어리처럼 눈을 동그랗게 뜨고, 입을 헤벌린 채 멍하니 쳐다본다는 거야.

난 얼굴이 새빨개지는 것을 느꼈어. 잘 익은 토마토처럼 보일 거야. 창피해서 일곱 번째 정류장에서 슬그머니 내리려고 했어. 그런데 그렇게 하지도 못했어. 너무 긴장했거든. 자리에서 일어나 문 쪽으로 한 걸음 떼었을 때, 다리가 휘청하더니 그대로 바닥에 엎어지고 말았어. 그러면서 기둥에 얼굴을 심하게 부딪쳤지. 아픈 줄도 몰랐어.

정어리들의 입이 더 크게 벌어졌지. 이 버스의 정어리들은 보통 사람과 다른 사람은 본 적이 없나 봐. 아무도 도와줄 생각을 안 하더라고. 하긴…… 누군가 도와주려 했어도, 난 도움 같은 건 참을 수 없어. 내 일은 나 혼자 할 만큼 다 자랐다고!

정어리를 가득 태운 버스가 멀어졌어. 나는 낯선 거리에 버려진 거야. 주변을 둘러보았지. 역시 전혀 모르겠어. 어…… 어…… 이런 것, 난, 못 참아! 못 참아! 정말 참을 수 없다고! 무섭단 말이야!

전화통에 불나다

생티스 특수학교의 교장 선생님인 프레라 씨는 책임감이 강하며, 계획과 정리를 가장 중요하게 생각한다. 솔직히 말하자면 병적으로 꼼꼼하다고 할 수 있다. 일이 계획대로 되지 않을 때는 가벼운 공포증 증세를 겪는다. 그리고 그런 상황에서는 어떤 일도 하지 못한다.

프레라 씨는 자기가 보살피는 특별한 학생들의 모든 습관과

편집강박장애를 손바닥 보듯 훤히 꿰고 있다. 벵자멩에게는 시간표가 편집강박장애 요인이라는 것도 물론 잘 안다. 만약 시간표가 어그러지면 신경을 곤두세우고 짐승처럼 울부짖으며 날뛴다는 것도 알고 있다.

프레라 씨는 지금 벵자멩을 기다리는 중이다. 하지만 너무 늦는다고 생각했다. 벌써 20분이나 교문 앞에서 기다렸지만, 택시는 도착하지 않았다. 물론 오늘 아침에 벵자멩의 아버지, 다그리에 씨가 전화해서 조금 늦을 거라고 하기는 했지만, 20분은 조금 늦는 정도가 아니었다. 벵자멩에게 무슨 일이 일어난 것만 같았다. 프레라 씨는 휴대전화를 꺼내 다그리에 씨의 전화번호를 눌렀다.

벵자멩의 아버지는 완벽주의자에 못 말리는 수다쟁이다. 일이 완벽하게 마무리될 때까지 아주 사소한 것도 하나하나 점검하고, 고객에게는 왜 이렇게 처리해야 하는지 오랫동안 설명한다. 하지만 프레라 교장 선생님의 전화를 받고 벵자멩이 학교에 도착하지 않았다는 소식을 듣자마자, 그의 머릿속은 하얗게 변했다. 다그리에 씨의 눈에는 사업은커녕 깜짝 놀란 표정으로 눈을 동그랗게 뜨고 자기를 바라보는 고객도 보이지 않았으며, 아직 서명하지 않은 계약서도 보이지 않았다. 다그리에 씨는 모든 일을 팽개치고 우선 택시 회사에 전화를 걸었다.

모두들 택시 회사의 사장 모멩티 씨를 일벌레라고 부른다. 이것저것 사소한 일이 터질 때마다 그의 머리도 터지려고 한다. 혹시 기사 중 아픈 사람이 있으면 대신할 사람을 찾아야지, 택시가 고장 나면 즉시 수리해야지, 대출금 상환 날짜가 다가오면 이자가 더 붙기 전에 갚아야지.

모멩티 씨는 사무실에 간이침대를 갖다 놓았다. 일이 늦게 끝나는 날이나 집에 들어갈 수 없을 만큼 지친 날 사무실에서 자기 위한 것이다. 그러니까 그에게는 사무실이 집보다 더 집 같다고 할 수 있다. 한마디로, 모멩티 씨에게는 가족과 함께할 수 있는 시간이 전혀 없었다.

오늘 아침 조셉 알지오가 5번 차량을 몰고 10톤 트럭 밑으로 기어 들어갔다. 차는 형체를 알아볼 수 없게 됐고, 조셉은 오른

쪽 다리가 부러져서 병원에 있다. 운전사가 살아 있는 것만으로
도 다행이기는 하다. 하지만 방금 무전원이 전화를 받고, 조셉
의 사고 때문에 장애 아동 한 명이 실종됐다는 소식을 전했다.
몸이 둘이라도 감당할 수 없을 만큼 너무 많은 일이 한꺼번에
터졌다. 모멩티 씨는 슬그머니 사무실로 들어가서 문을 잠그고
전화 코드를 뽑은 후, 간이침대를 펴고 그 위에 엎드려 손에 얼
굴을 파묻었다. 그리고 울기 시작했다. 그는 아이처럼 엉엉 소
리 내어 울었다.

벵자멩의 이웃집에 사는 갈레스트렝 부인은 심한 공주병 환자
이다. 벵자멩 아버지는 그녀보다 더 심한 공주병 환자는 세상에
없을 거라고 말하곤 했다. 가끔 다그리에 씨는 가족이 보는 앞
에서 부엌일하는 갈레스트렝 부인을 흉내 내곤 했다. 아무리 사
소한 일을 하더라도 우아함을 잃으면 안 된다. 부엌으로 들어갈
때도 우아하게, 접시 하나 집어 들 때도 우아하게, 수도꼭지를
돌리면서도 우아하게. 다그리에 씨가 갈레스트렝 부인을 흉내
낼 때면, 다그리에 부인과 동생은 배꼽을 잡고 웃으며 바닥을

굴렀다.

하지만 뱅자멩은 별로 웃지 않았다.

갈레스트렝 부인이 한 번 입은 옷을 다시 입은 걸 본 사람은 거의 없을 것이다. 그녀의 작은 자동차는 이 동네에서 제일 깨끗하다. 그녀는 현관 밖을 나설 일이 있으면 반드시 화장을 한다. 심지어 쓰레기를 버리러 밖에 나갈 때도 화장을 한다.

갈레스트렝 부인이 여느 아침처럼 거울 앞에 앉아 세심하게 화장을 고치고 있을 때 전화벨이 울렸다. 수줍음을 많이 타는 이웃집 남자 다그리에 씨의 전화였다. 그의 큰아들은 장애가 있다. 다그리에 씨는 창밖을 한번 봐 달라고 부탁했다. 길에 그 집 큰애가 있는지 봐 달라는 것이다.

갈레스트렝 부인은 창밖을 내다보았다. 하지만 아이는 없었다. 거리는 텅 비어 있었다. 그녀는 본 대로 이야기했고, 이웃집 남자는 고맙다고 하고는 전화를 끊었다.

뱅자멩의 엄마인 다그리에 부인은 몽상가인데다, 걱정이 많았다. 그녀는 사소한 일에도 깜짝 놀라고 걱정하곤 했다. 특히 뱅자멩과 관련된 일이라면 더 심했다. 벵자멩이 기침을 하거나, 토라져 있거나, 너무 조용하거나, 매우 신이 나 있거나, 동생과 싸우거나, 조금이라도 평소와 다른 모습을 보이면 어김없이 걱정을 했다.

그녀는 시간만 나면 공상에 잠긴다. 누구든 부인의 얼굴을 보면 그녀가 꿈꾸고 있다는 것을 알 수 있다. 아름다운 눈동자는 구름 사이를 헤매고, 그녀의 입술 끝에는 가벼운 미소가 걸려 있다. 다그리에 부인이 공상하는 동안, 가방 안에서는 휴대전화가 진동하고 있었다. 그녀는 알아채지 못했다. 수업은 잘 마무리됐다. 그녀는 자신의 강의와 학생들의 수업 태도에 만족했다. 지금은 수업이 없다. 덕분에 대학교 구내식당에서 뜨거운 차를 앞에 두고 생각에 잠겨 있다.

어린 대학생들이 아무리 소란스럽게 떠들어도 다그리에 부인을 방해할 수는 없다. 그녀는 성난 군중 한가운데에서도 공상에 빠질 수 있는 사람이다. 휴대전화의 진동이 계속되다가 이윽고 벨 소리로 바뀌었다. 그녀는 다시 현실 세계로 돌아왔다. 남편이었다. 택시 사고부터 벵자멩이 사라졌다는 소식까지 전하고 나서 남편은 이렇게 물었다.

"이제 어떻게 하지?"

부인은 이미 제정신이 아니었다. 자신이 무슨 말을 하는지
도 몰랐다. 그래도 귀에 자신의 목소리가 들렸다.

"경찰에 알려야지요."

무임승차

좋아, 골뱅이가 늘 말하는 것처럼, 공황장애에 빠지면 안 돼. 골뱅이는 내 동생이야. 내가 붙인 별명이지. 왜 골뱅이라고 붙였는지 지금은 기억나지 않지만, 난 골뱅이라는 말이 웃겨. 동생다그리에는 별로 안 웃긴가 봐. 그래도 기분이 좋을 때는 내가 골뱅이라고 불러도 가만히 있어. 공황장애에 빠지면 안 돼. 제발, 진정해야 해……. 말이 쉽지! 이렇게 낯선 상황에서 어떻게 긴장하지 않을 수 있겠어. 거리는 물론이고, 건물들, 자동차, 사람들 다 처음 보는 것뿐인걸. 어떻게 해야 할까? 뭐가 뭔지 모르겠어! 그러면 난 정신을 잃는단 말이야. 오늘 아주 제대로 걸린 것 같아.

이 세상은 오늘 아침부터 고장 나 버렸어. 전부 자명종 때문이야. 자명종이 시작한 거야. 시간표를 지키지 않은 자명종 때문에 세상도 뒤따라 고장 난 거라고. 그 뒤에는 무서운 음모가 있는 것이 분명해. 어…… 어…… 무서운 음모. 이런 것, 난, 못참아! 못 참아!

이제 너무 힘들어. 이렇게 오랫동안 서 있어 본 적이 없단 말이야. 나는 무작정 걷기로 했어. 혹시 아는 동네가 나오거나 아는 사람을 만날 수도 있잖아. 부모님에게 전화를 걸면 나를 찾으러 오겠지? 그러면 온 세상이 똑바로 돌아가고, 사람들은 그렇게 머리가 뒤로 돌아간 것처럼 이리저리 몰려다니지 않아도 될 거야.

광장에 꼬마 기차가 서 있네. 기차는 기차역에 있어야 하는데, 이상한 기차야. 지금은 너무 힘들어서 이것저것 생각할 수가 없어. 기차에서 잠깐 쉬어야겠어.

이 기차는 서커스단 기차인가 봐. 꼬마 기차에 탄 사람들 모두 알록달록한 옷을 입고 있어. 그리고 모두 사진기를 목에 걸고 있어. 열일곱 명이 타고 있네. 그리고 하나같이 빨간색 종이를 엄지와 검지 사이에 끼우고 있어. 저게 기차표인 모양이야. 어떻게 하면 기차표를 구할 수 있을까?

어떤 아저씨가 표를 받으며 이리로 오고 있어. 은테 두른 모자를 삐딱하게 쓰고 있지. 모자를 삐딱하게 쓰는 것은 예의 바른 행동이 아니야. 엄마 다그리에가 그렇게 말했어. 아저씨가 내 앞까지 왔어. 그리고 나를 물끄러미 바라보며 말했어.

"잘생긴 청년, 표 좀 봅시다!"

어…… 어…… 뭐가 잘못됐나 봐. 나는 잘못되는 것이 싫어. 공황장애가 올 것 같아. 그러면 아무도 내 말을 알아들을 수 없어. 번역가랑 같이 있는 너희도 예외가 아니야. 그쯤 되면 아무리 훌륭한 번역가도 귀머거리나 다름없어. 공황장애가 오면 내 말은 이렇게 돼.

"프포르 어터커 그흐 허너으지 모모르라어(표를 어떻게 구

해야 하는지 모르겠어요).”

게다가 온몸이 제멋대로 움직이고, 얼굴은 경련 때문에 계속 이상한 표정을 짓게 된단 말이야. 은테 두른 모자를 쓴 아저씨는 더는 아무 말도 하지 않았어. 그리고 다음 칸으로 갔어.

“표 좀 봅세!”

그런데 내 앞에 앉아 있는 빨간 새우처럼 생긴 아줌마는 – 게다가 웃긴 모자까지 썼네 – 지금 상황이 마음에 들지 않나 봐.

“잠깐만요, 아저씨. 관광 열차를 타려고 우리는 7유로 50전이나 내고 표를 샀어요. 그런데 왜 이 아이는 공짜로 타는 거죠?”

은테 두른 모자를 쓴 아저씨는 한참 동안 등을 보인 채 서 있다가 빨간 새우 아줌마를 향해 천천히 몸을 돌렸어. 그리고 그 아줌마를 죽일 듯이 쳐다봤어. 신기한 일이야. 빨간 새우 아줌마는 소금에 절인 것처럼 하얗게 변했어. 아저씨가 천천히 또박또박 말했지.

“부인, 이 꼬마는 우리 어머니가 나이 70에 낳아 주신 내 동생이오. 처음에는 못 알아봤지. 하지만 이제 알겠어. 확실히, 내 동생이야. 내 동생이 기차를 타고 싶다고 해서 내 마음대로 내 기차에 태우겠다는데, 아주머니가 무슨 상관이오."

그리고 눈을 무섭게 뜨고 서커스단처럼 차려 입은 열일곱 명의 승객을 빗자루로 쓸듯이 둘러보며 이렇게 말했어.

"내 동생, 내 마음대로 기차에 태우겠다는데 불만 있는 사람은 나와 보시오."

서커스단은 전부 자기 신발만 보고 있는 거야. 나랑 눈곱만 큼도 안 닮은 아저씨가 그리고 우리 아버지뻘은 되는 아저씨가 나를 동생 삼겠다는데도 반대하는 사람은 아무도 없었어.

"감사합니다. 아주 좋아요. 즐거운 여행 되세요."

아저씨는 열일곱 명의 승객에게 이렇게 말하며 내게 한쪽 눈을 찡긋했지. 잠시 후 꼬마 기차가 출발했어.

실종 신고

뱅자맹의 아버지 다그리에 씨는 좀처럼 냉정을 잃지 않는 사람이다. 아무리 어려운 상황에서도 우스갯소리를 잘한다. 하지만 지금은 거의 폭발하기 일보 직전이다. 책상 앞에 앉은 경감은 아무 조치도 취하지 않은 채, 오늘 아침에 일어난 일을 벌써 세 번이나 되물었다. 이야기가 한 번 끝날 때마다 잘 알았다는 듯이 "아, 그렇군요, 알겠습니다. 잘 알았어요" 하며 고개를 끄덕였다. 그리고 어떻게 된 일인지 다시 물었다. 경감이 똑같은 이야기를 네 번째 물었을 때, 벵자멩의 엄마는 폭발하고 말았다.

"제기랄, 도대체 뭘 알겠다는 거죠? 경감님은 어디에 정신을 팔고 계신 거예요? 장애를 가진 아이를 기르는 게 어떤 일인 줄 아세요?"

파브르 경감은 아무것도 알 수 없었다. 경감은 장애를 가진 아이가 없으니까. 장애를 가진 아이는커녕, 평범한 아이도 없다. 사실 그에게는 아내도 없다. 아내나 아이는 인생을 너무 복잡하게 만드니까. '자기 몸 하나도 감당하기 어려운 세상에 아내라니? 아이라니?'

"몇 번을 더 말해야 조치를 취하겠어요? 벌써 세 번이나 똑같은 이야기를 반복했잖아요. 아침에 택시를 기다리던 아이가 사라졌다고요."

벵자멩의 엄마는 참을 수가 없었다.

"어유, 그러니까…… 일단 제 질문을 끝내야지요."

"일단 순찰차에 무전을 쳐야 하는 것 아닌가요?"

"예, 맞습니다. 바로 그거예요. 저도 그렇게 하려고 했어요."

경감은 도망치듯 무전기 앞으로 가서 순찰차에 무전을 날렸다.

모리스 가스트롱은 모든 일에 서툴렀다. 모리스는 진정한 의미의 사고뭉치였다. 오늘도 그의 윗도리에는 빵가루와 크림이 얼룩져 있다. 옆에 앉은 동료 경찰관이 일러 줘서야 모리스는 그것을 깨달았다.

"에이 참, 나는 왜 이렇게 서투를까."

모리스의 문제는 서투르다는 것뿐만이 아니다. 행동은 느린데다가 매사에 덤벙대고 몽상하기를 좋아하며, 수줍고, 열등감에 시달리고…… 하나하나 지적하자면 날이 샐지도 모른다.

"너는 예술가 기질이 있어서 그래."

그의 어머니는 늘 이렇게 말씀하셨다. 경찰관이라는 직업을 선택하자 그의 '예술가 기질'은 심각한 문제를 일으켰다.

잠복용 경찰차가 인도에 주차되어 있다. 지금은 점심 식사후 차 마시는 시간, 여자 경찰관이 뒷좌석에서 코코아를 마시고 있다. 그녀는 장난기 어린 눈으로 모리스를 말없이 바라보았다.

갑자기 무전기에서 잡음이 새어 나왔다. 모리스는 크림 묻은 손으로 소리를 높였다. 음량 조절 단추에 크림이 잔뜩 묻었다.

"뭔 짓거리야!"

동료 경찰관이 신경질을 냈다.

"내 잘못이 아니에요. 그 새끼, 만날 내 빵에만 크림을 잔뜩 바른단 말이야."

"둘 다 조용히 해요!"

여자 경찰관이 명령했다.

"중요한 전달 같아."

[모든 순찰차에 알린다. 저능아가 실종됐다. 오늘 오전 9시 이후 연락 두절. 특징, 보통 키, 갈색 머리칼, 나이 14세, 말하는 데 어려움이 있음. 심하게 비틀거리면서 걸음, 발견 즉시 보고 바람. 이상.]

다그리에 부인의 불타는 시선이 파브르 경감에게 벼락처럼 떨어졌다. 파브르 경감이 더듬더듬 입을 열었다.

"왜…… 왜 그러세요? 말씀하신 대로 해 드렸습니다, 저는…… 무, 무전 날리는 것 보셨잖아요."

"벵자멩은 저능아가 아니에요."

벵자멩의 엄마는 침착하게 입을 열었다.

"보통 아이들과 조금 다를 뿐이죠."

기차 여행

나는 꼬마 기차를 타고 여행하는 중이야. 나무로 만든 의자가 마음에 들어. 편안해. 신선한 바람이 얼굴을 훑고 지나가는걸. 확성기에서는 계속해서 방송이 나와. 우리가 성당 같은 곳을 지날 때마다 그곳에 얽힌 역사나 재미있는 이야기가 흘러나와. 아주 마음에 드는걸.

　오늘 내 계획표가 틀어졌어. 지금까지 내 계획표는 악보 같왔고, 내 생활은 악보를 연주하는 것과 똑같았어. 이유는 모르겠지만 아빠 다그리에는 이 표현을 좋아해.

"벵자멩, 네 계획표는 악보 같은 거고, 네 생활은 그 악보를 연주하는 것과 똑같아."

하지만 아빠는 음악에는 젬병이야. 엄마 다그리에가 그랬거든. 아빠가 그렇게 말할 때마다 엄마는 이렇게 대꾸해.

"높은음자리표를 어떻게 그리는지 알기나 해요? 음악이라면 당신은 장님에다 귀머거리잖아요."

오늘까지 내 생활에는 아주 작은 변화도 없었어. 정확한 시간표와 일정표대로 굴러 왔지. 사실 놀라운 일 같은 것, 나는 참을 수 없어. 엄마 아빠는 나를 잘 알지. 그래서 내가 규칙대로 생활할 수 있게 도와줘. 혹시 작은 변화라도 생기면, 최대한 내가 충격받지 않도록, 어쩌다 그렇게 됐는지 그리고 어떻게 할 것인지, 자세히 설명해 주지. 열 살짜리가 5분이면 이해할 수 있는 일도 내게는 몇 시간이 걸려. 그래도 우리 부모님은 포기하지 않고 용기도 잃지 않아.

물론 엄마 아빠도 가끔 폭발할 때가 있어. 사람이면 누구나 폭발할 때가 있다고 아빠가 말했어. 엄마가 우는 모습을 감추려고 몰래 구석으로 가는 걸 본 적도 많아. 아빠는 좀 다르게 폭발해. 악을 쓰지. 늑대처럼 울부짖어. 그리고 정신없이 몸을 흔들면서 거실 벽을 걷어차, 여러 번, 아주 힘껏. 둘이 동시에 폭발하는 일은 없어. 둘 중 어느 한쪽이 참지 못하고 폭발하면 지치지 않은 쪽이 지친 쪽을 위로하지. 그래서 우리 집은 언제나 행복해.

꼬마 기차가 좁은 길로 들어서면서 속도를 늦추었어. 점점 느려지더니, 결국 멈추고 말았어. 우리 앞으로 차들이 길게 늘어서 있어. 우리 뒤에서도 차들이 꾸역꾸역 밀려왔어. 우리는 꼼짝할 수 없게 된 거야. 처음에는 다들 얌전했어. 서커스단 관광객들은 사진을 찍느라 정신이 없었지. 그러다가 조금씩, 조금씩…… 그 사람들도 참을 수 없게 된 거야. 자동차 경적 소리가 골목에 가득 차서 귀가 아플 지경이었어. 사람들도 큰 소리로 불평했어. 그때 아저씨 한 분이 꼬마 기차로 다가오셨어.

"저 아래 버스가 잘못한 거예요. 저긴 차 돌릴 데도 없는데 말이야. 뻔히 알면서 왜 그랬나 몰라."

어…… 어…… 공황장애가 오려고 해. 나도 모르게 소리 쳤어.

"더 빨리! 운전사 아저씨!"

어…… 어…… 불쌍해, 내가 너무 불쌍해. 나는 나도 모르게 또다시 소리쳤어.

"더 빨리! 운전사 아저씨!"

빨간 새우 아줌마가 정어리처럼 눈을 동그랗게 뜨고 입을 헤벌린 채 멍하니 나만 바라보았어. 너무 창피해서 견딜 수가 없었어. 꼬마 기차에서 내리려고 했는데, 빨간 새우 아줌마의 아들 새우가 내 말이 마음에 들었나 봐. 펄쩍펄쩍 뛰면서 외치는 거야.

"더 빨리! 운전사 아저씨! 더 빨리! 빨리 빨리, 운전사 아 저씨!"

그러자 꼬마 기차에 타고 있던 어른들도 하나 둘 새우처럼 외치기 시작했어. 그러다가 서커스단이 한목소리로 합창을 하게 됐어. 난 그 마음을 이해할 수 있어. 뭐 다른 할 일도 없었으니까.

어떤 사람은 새우처럼 자리에서 펄쩍펄쩍 뛰었고, 어떤 사람은 손바닥으로 기차의 옆구리를 두드렸어. 승객들은 옆 사람과 팔짱을 끼고 몸을 좌우로 흔들면서 점점 더 크게 외쳤어.

"더 빨리! 운전사 아저씨! 더 빨리! 운전사 아저씨!"

어…… 어…… 거리를 걸어가는 사람들이 모두 정어리가 되었네.

대답 없는 물음

뱅자멩의 부모님은 집으로 돌아왔다. "아드님을 발견하면 즉시 연락드리겠습니다. 흥분을 좀 가라앉히시고 기다려 보시죠" 하고 파브르 경감이 약속했다. 흥분을 가라앉히다니 말도 안 되는 소리였다.

다그리에 씨는 진정할 수도 없었고, 진정하고 싶지도 않았다. 철창 안에 갇힌 사자처럼 집 안을 이리저리 돌아다니며 으르렁댔다. 다그리에 부인은 커다란 바위에 짓눌린 것처럼 방 한 구석에 웅크리고 있다. 다그리에 씨는 습관대로 거실 벽을 걷어 찼다. 벽에 걸린 그림은 언제부터인지 금이 가 있었다.

"자, 차분히 생각해 보자고. 벵자멩이 어딜 갈 수 있을까? 어 딜 자주 갔었지?"

벵자멩은 생티스 특수학교 말고는 어디도 혼자 간 적이 없 었다. 벵자멩에게 외출할 일이 생기면 반드시 엄마나 아빠, 아 니면 동생이라도 따라나섰다. 게다가 친척들은 모두 브르타뉴 에 살기 때문에 이 근방에는 벵자멩이 찾아갈 만한 사촌도 삼촌 도 없었다. 다그리에 부인은 서서히 자기 키를 넘는 두려움 속 으로 침몰했다. 숨을 쉴 수가 없었다. 그녀의 얼굴에는 이러한 사정이 여실히 드러났다.

다그리에 씨는 부인의 눈빛이 의미하는 바를 알 수 있었다. 다그리에 씨에게 밀려드는 무력감 또한 적지 않았다. 다시 한 번 거실 벽을 걷어찼다. 이번에는 발목이 접질리고 말았다.

"아야!"

"진정해요, 이런 상황에서 당신까지 다치면 어떻게 해요. 지금은 정말 아프면 안 된다고요."

"제기랄, 왜 그 자리에서 잠자코 기다리지 않았을까? 무슨
일이 있었을까? 왜 혼자서 아무 데나 가 버린 걸까? 그런 습관은
없잖아. 벵자멩답지 않아."

"혼자가 아닐 수도 있죠."

다그리에 부인이 넌지시 일렀다.

"무슨 소리요. 벵자멩이 납치라도 됐다는 거요? 우린 그렇게
부자도 아니잖아."

"납치됐다는 뜻은 아니고, 누구를 따라간 것은 아닐까요?"

"누구를 따라갔다는 거요? 당신이 나보다 벵자멩을 더 잘 알
잖소. 낯선 사람과는 말도 하지 않는 애가 누구를 따라가겠어?"

다그리에 부인은 그 자리에 엎드려 울음을 터뜨리고 말았
다. 다그리에 씨는 발을 절룩거리며 다가가서 부인의 등을 쓰다
듬었다.

"다 잘될 거요. 꼭 벵자멩을 찾게 될 거야. 조금만 힘을 내
요. 벵자멩을 오늘 밤 그 애 방에서 재우지 못한다면 내 손에 장
을 지지지."

다그리에 씨도 지금 자기가 한 말을 믿고 싶었다. 하지만 확실한 것은 아무것도 없었다. 다그리에 씨는 다시 부엌을 빙빙 돌았다. 그리고 온 세상에다 욕을 퍼부었다.

"어디에 있을까? 전화벨은 도대체 왜 안 울리는 거야?"

거실에 혼자 남은 다그리에 부인은 한동안 흐느끼다가 슬픔을 가라앉혔다. 문득 부인의 시선이 거실 벽에 걸린 시계에 닿았다.

"세상에!"

다그리에 씨가 절름거리며 부엌에서 달려 나왔다.

"뭐야? 무슨 일이오?"

"시계를 좀 봐요, 지금 몇 신 줄 알아요?"

"12시 20분이군."

"우리 아들이 굶어 죽게 생겼어요."

숫자 천재

식사 시간을 정확하게 지키는 것은 정말 중요해. 만약 제때 식
사를 하지 않으면, 사람들은 금방 몸이 불편해지고 고개를 들
힘도 없어서 땅만 보고 다닐 거야. 우리 학교에서는 10시가 오
전 간식 시간이야. 나는 비스킷 두 개랑 오렌지 주스를 한 잔 마
셔. 그리고 12시 15분부터 1시 10분까지 점심시간이야. 나는 다
섯 번째 식탁, 유리창에서 세 번째 자리에 앉아. 10년 동안 한

번도 다른 자리에 앉은 적이 없어. 그리고 16시가 오후 간식 시간이야. 나는 파브리스와 코랄리 사이에 앉아서 비스킷 두 개와 과일을 먹어. 사과나 배나 바나나를 먹는데, 어떤 과일을 먹는지는 그때그때 달라. 우리는 화장실 근처에 있는 긴 의자에 앉아서 오후 간식을 먹어.

우리는 식당에 왔어. 나는 바른 자세로 앉아 있어. 식탁에 팔꿈치를 대는 것은 예의 바른 행동이 아니야. 아빠 다그리에가 그렇게 말했어.

오늘 시간표는 엉망이 돼 버렸지만, 음식은 학교에서 먹는 것보다 훨씬 맛있었어. 집에서 먹는 것보다도 훨씬. 엄마 다그리에는 세상에서 제일 자상하지만, 음식 솜씨만 놓고 보면 난 세상에서 가장 불행한 아들이야. 아빠도 마찬가지로 세상에서 가장 불행한 남편이지. 만약 아빠가 고등학교 정문 앞을 지키고 있다가 아무 여학생이나 붙잡고 결혼을 한대도, 요리 솜씨만큼은 엄마보다 백배는 훌륭한 아내를 얻을 거야. 장담할 수 있어.

소렌티노 아저씨는 꼬마 기차 회사 사장님인데, 나한테 꼭 점심을 사야겠다는 거야.

"오늘 내가 받은 봉사료는 네가 받은 거나 마찬가지야. 가자! 비외포르 부두로. 거기에 가서 부이아베스를 먹자고!"

소렌티노 아저씨는 20년 동안 일하면서 지금까지 그런 장면은 한 번도 못 봤대. 길이 막혀서 20분 동안 꼼짝하지도 못했는데, 화내는 사람이 하나도 없었어. 관광객들이 축구장의 관중처럼 한목소리로 떠들어 댔어. 관광객들은 아주 만족했어. 다시 오겠다는 둥 이렇게 재미있을 줄은 몰랐다는 둥 이번 휴가는 추억에 길이 남을 것이라는 둥. 소렌티노 아저씨에게 봉사료가 쏟아졌어. 아저씨는 두 손을 벌려 다 받았지. 뻔뻔하게 마다하지도 않고 주는 대로 다 받았어. 돈이 쌓여 갈수록 입이 점점 벌어지더니 나중에는 귀에 걸렸어.

종업원 누나가 와서 차림표를 내밀자, 아저씨는 필요 없다는 듯이 손을 휘젓고는 내게 물었어.

"생선 좋아하니, 벵자멩?"

"……."

"생선 좋아하는구나, 그럴 줄 알았어. 부이아베스 두 개군."

내 대답은 듣지도 않고 주문을 하는 거야. 종업원 누나가 주문서를 적고 나서 다른 차림표를 건넸어.

"벵자멩, 네 나이쯤이면 포도주를 마셔도 되나?"

"……."

"안 됐군, 우리 때는 마셨는데. 좋아, 어차피 나도 못 마셔. 오후에 일해야 하거든. 탄산수 한 병이면 충분하겠지."

너희도 봤겠지만 나는 한마디도 안 했어. 되게 웃겨. 혼자 물어보고 혼자 대답하는 게.

종업원 누나가 주방 쪽으로 가자, 소렌티노 아저씨는 주머니에서 휴대전화를 꺼냈어.

"자, 벵자멩, 집 전화번호를 말해 봐. 집에 전화를 걸어서 네 소식을 전해야지. 부모님이 걱정하시지 않게."

소렌티노 아저씨는 못됐어. 그런 말을 아무렇지도 않게 하다니. 하지만 커다란 장화를 신고 있는 게 무척 웃겨서 용서해 주기로 했어. 동생 다그리에가 만화책을 어디에 두었는지 물어보면 난 숫자로 대답해. 이렇게.

"04 91 41 36 87 95!"

아저씨는 번호를 누르기 시작했지. 하지만 중간에 멈추고 말았어.

"어이, 벵자멩, 번호가 너무 긴데?"

"아차, 내 정신 좀 봐. 가만 있자…… 아, 기억났다."

나는 못마땅한 내색을 하며 번호를 불렀어.

"04 91 86 63 29!"

꼬마 기차 운전사는 다시 번호를 눌렀지. 하지만 또 중간에 멈추고 말았어.

"어이, 벵자멩, 이 번호는 방금 전 번호랑 너무 다르잖아."

아직 안 끝났어.

"가만 있자…… 아 이제 기억났다. 05 92 46 22 37!"

이번에는 번호를 누를 생각도 안 했어.

"벵자멩, 이것은 마르세유 번호가 아니잖아."

아저씨는 약간 수심에 잠겼어. 내가 집 전화번호를 모른다고 생각한 거야.

"뭐 상관없어. 그만두자고."

그때 종업원 누나가 김이 모락모락 나는 접시를 들고 왔지.

나의 새로운 친구, 소렌티노 아저씨가 냅킨의 한 끝을 앞섶에 꽂아 넣으면서 이렇게 말했어.

"일단 먹고 보자."

나도 아저씨랑 똑같이 냅킨을 펴서 앞섶에 꽂았지. 이제 아무도 우리 집에 전화 걸 생각 따윈 안 해. 우리는 정말 맛있게 부이아베스를 먹었어.

때로는 사람들이 날 바보 취급하는 게 편하기도 하네. 헤헤. 집 전화번호쯤이야 당연히 외우고 있지. 우리 집 전화번호는 04 91 87 57 59이야. 생티스 특수학교 전화번호는 04 91 55 87 11이고, 동생 학교 전화번호는 04 91 26 45 71이지. 아빠의 사무실 전화는 04 91 66 31 78이고, 엄마의 연구실 번호는 04 91 22 69 72이고, 두 분의 휴대전화 번호도 알아. 엄마는 06 28 55 47 29이고, 아빠는 06 18 87 49 56이야. 우리 안마사 번호는 06 20 22 57 78. 그리고 우리 가족의 정신과 주치의의 번호는 04 91 98 26 52지. 우리가 점심을 먹고 있는 이 식당의 전화번호도 알아. 문 앞에 써 있는 걸 봤어. 식당에 들어오면서 외웠지. 숫자로 말하자면, 난 수백 개를 외우고 있어. 아빠 차의 자동차 등록증 번호, 엄마 차의 자동차 등록증 번호, 노란 학교 버스의 자동차 등록증 번호, 우리 가족 생일 전부, 프랑스 축구 대표팀 선수의 등번호 전부, 후보 선수들까지도. 지금까지 말한 것 말고도 훨씬 많이 외우고 있어. 내가 이렇게 생겨먹긴 했지만, 난 숫자에는 천재야, 아빠가 그랬어.

전문가

필로나 박사는 유명한 정신과 의사이다. 예약 환자를 진료하는
데에도 하루가 부족할 지경이다. 어른 아이 할 것 없이 수많은
사람들이 필로나 박사와 상담하기 위해 줄을 선다. 하지만 뱅
자멩의 부모만큼은 예약 없이 만나기로 했다. 이는 아주 예외적
인 경우이다. 인터폰으로 들리는 다그리에 부부의 흥분한 목소
리로 보아 그들은 거의 정신을 잃고 있다. 그래서 필로나 박사

는 이들을 시급히 진정시킬 필요가 있다고 판단하고 응급환자로 분류했다.

거짓말을 할 용기가 없다고 판단한 필로나 박사는 자신의 의견을 솔직하게 밝혔다. 벵자멩의 일로 자신도 걱정을 많이 한다고 말한 후, 박사는 다그리에 씨의 큰아이가 어떤 반응을 보일지 거의 정확하게 예측할 수 있다고 했다. 필로나 박사는 차근차근 짚어 가며 말했다.

"벵자멩은 뇌 신경의 장애가 크기 때문에 언제나 안정감을 얻을 수 있는 환경에 있어야 하고, 주변 상황 또한 언제나 신뢰할 수 있어야 하며, 낯선 느낌이 들지 않는 환경 속에서 생활이 이루어져야 하고, 버림받았다거나 환경으로부터 소외됐다는 느낌이 들지 않게 해 줘야 하기 때문에, 하루 일과는 일종의 의식처럼 완전하게 형식화돼야 합니다. 그것은 아주 길고 고통스런 학습 과정이 되겠지만 벵자멩의 발달에 핵심적인 요소일 것입니다. 다시 말해 벵자멩은 삶을 배워 나가는 아기와 같아서……."

다그리에 부인은 고개를 끄덕였다. 거의 외우다시피 한 내용이다. 벌써 여러 해, 그녀는 이 같은 진단을 들었고, 아무도 상륙할 수 없는 무인도 같은 자기 큰아들의 하루하루를 돌봐 온 것이다. 하지만 오늘 큰 파도에 모래성이 무너지듯 모든 것이 깨졌다. 정신과 의사는 설명을 계속했다.

"말씀을 들어 보니 오늘 규칙이 깨졌군요. 더 나쁜 것은 벵자멩의 하루를 구성하는 모든 규칙이 전부 바뀔 것이라는 겁니다. 벵자멩은 낯선 상황에 처해 있고, 무슨 일이 생길지 알 수 없는, 즉 예측 불가능한 상황에 처했다는 말이죠. 벵자멩은 환경과 자아 사이의 분쟁 상태, 일종의 불화 상태에 놓였어요. 이 경우 벵자멩은 예상할 수 없는 반응을 보일 수 있습니다. 확실한 것은 벵자멩이 자기 자신 안에서 어떤 불화를, 즉 갈등의 극단적인 위기를 겪게 될 거라는 말입니다. 다시 말해 공황장애에 빠지는 거죠."

다그리에 씨는 휴대전화를 흘깃 들여다보았다. 문자도, 전화도 오지 않았다. 경찰의 수색도 전혀 진전이 없는 게 분명했다. 그는 필로나 박사를 찾아온 게 잘한 일인지 의문이 들었다.

다그리에 부인은 필로나 박사의 방을 곧 뛰쳐나갈 것처럼 보였다. 조금 전, 간호사로부터 예약하지 않았기 때문에 박사를 만날 수 없다는 말을 들었을 때 문을 부수려고 했던 것보다 더했다.

박사의 설명은 계속됐다. 한번 시작되고 나니 이제는 아무도 멈출 수 없을 것 같았다. 필로나 박사는 자기 말에 취해서 본격적으로 연극을 하고 있었다. 그는 의자에서 일어나서 흑단 나무 책상을 돌아 나왔다. 다그리에 씨에게는 선거 때 유세장에서 흔히 보는 과장된 연설처럼 느껴졌다.

"벵자멩은 이전에 경험했던 것과 완전히 똑같은 상황에서 사전에 준비한 반응을 보이는 데에는 익숙하나, 오늘은 자신의 반응 형식이 어떤 상황에도 부합하지 않는다는 것을 알게 될 겁니다. 오늘 벵자멩은 의미를 생산하고, 적응하고, 고안해야 하는 거죠. 인간이 새로운 문제에 직면했을 때 언제나 그랬던 것과 같습니다. 이것을 우리는 지능이라고 하죠. 하지만 벵자멩에게는 이런 기능이 결여되어 있어서, 그러니까 그 애의 두뇌에는 이러한 기제를 작동시킬 수 있는 핵심적인 요소들이 결여되어 있어서, 한마디로 요약하자면 벵자멩의 세계 안에는 자기 자신밖에 없다는 겁니다."

한마디로 요약할 거면서, 왜 그렇게 길고 복잡하게 설명하
는지, 다그리에 부인은 필로나 박사를 이해할 수 없었다.

"결론은, 단순한 문제가 아니라는 겁니다. 대단히 복잡하죠.
예를 들면……."

갑자기 다그리에 부인은 필로나 박사의 말을 끊었다.

"선생님은 아이가 있나요?"

"아니오, 없습니다. 왜 그런 걸 묻는 거죠?"

필로나 박사는 의아한 표정으로 다그리에 부인을 쳐다보았
다. 다그리에 부인은 입을 꽉 다물었다. 그리고 남편의 손목을
잡고 박사의 방을 빠져나왔다.

다그리에 부인은 박사에게 이렇게 말하고 싶었다. '만약 당
신이 아빠라면 일단 부모를 진정시켜야 한다는 것을 알 것이고,
전문가의 복잡한 견해가 아니라, 인간적인 태도를 보이는 것이
가장 효과적인 조언임을 알 것이다'라고. 하지만 그녀는 그럴
힘이 없었다. 아니면 그렇게 하고 싶지 않았거나.

차에 탄 엄마는 불안이 좀 가라앉을까 해서 담배에 불을 붙였다. 담배를 한 모금 깊숙이 빨아들였다. 그리고 한참 동안 뱉지 않았다. 의지할 데가 없었다.

다그리에 부인은 궁금해졌다. 도대체 '자기 세계 안'에 자기 자신밖에 없는 사람은 누구일까? 벵자멩일까? 필로나 박사일까?

대항해

식당을 나온 뒤 소렌티노 아저씨는 내 손을 꼭 잡고 행운을 빌어 주었어. 걱정이 되나 봐. 그리고 아저씨는 사랑하는 꼬마 기차를 보러 갔지. 아저씨가 보이지 않게 될 때까지 나는 우체통처럼 그 자리에 우두커니 서 있었어. 이제 무슨 일이 일어날까? 나는 어떻게 해야 할까? 겁이 나기 시작해. 커다란 공이 목구멍에 걸린 것 같아. 토요일 저녁이면 아빠 다그리에가 굴려 대는 볼링공 같은 게 말이야.

나는 볼링을 할 수 없어. 그저 식구들이 공 굴리는 것을 보기만 해. 나는 몸을 잘 가누지 못해서 볼링을 할 수 없어. 하지만 볼링장에 가는 것은 좋아해. 그곳에 가면 다른 식구들이 행복해하니까. 식구들이 행복해하는 모습을 보면 나도 행복해져.

더 늦기 전에 엄마 아빠한테 연락을 해야 하나? 그래 별로 어렵지 않을 거야. 전화를 하면서 걸어가는 사람이 있으면 전화기를 좀 빌려 달라고 하는 거야. 한 10분 정도면 충분히 말할 수 있어. 그 사람이 나를 정신병자로 알고 도망가지 않는다면 말이지. 나를 정신병자로 취급하는 것, 어…… 어…… 이런 것, 난, 못 참아!

차라리 택시를 탈까? 우리 집까지 가자고 말하는 거야. 물론 집 주소야 정확히 알고 있지. 하지만 택시 기사가 알아들으려면 한참 걸릴 텐데. 만약 기사 아저씨가 주소를 써 달라고 하면 말하는 것보다 훨씬 더 오래 걸릴 거야.

에잇! 그만두자. 바쁜 일도 없잖아. 물론 엄마 아빠는 많이 걱정하겠지. 하지만 나에겐 아주 좋은 기회야. 이런 기회는 쉽게 오지 않을 거야. 이 기회를 최대한 이용하고 싶어.

어쩌면 시간표나 계획표 같은 것은 그다지 쓸 만한 게 아닐지도 몰라.

나는 부두를 걸었어. 너희도 이해하겠지? 50미터까지는 비틀거리지 않고 걸을 수 있어. 그다음에는? 뭐, 길바닥에 길게 누워 버릴지도 모르지. 저기 사람들이 길게 줄을 서 있네. 나는 그 줄 끝에 가서 주저앉았어. 별다른 수가 없잖아. 너무 힘들었거든.

잠시 그렇게 쉬고 있을 때, 배가 들어왔어. 사람들이 배를 타는 거야. 나도 사람들을 따라 배에 올랐어. 배에 오르자마자 자리를 잡고 앉았어. 서 있다가는 분명히 큰 사고를 칠 거야. 예전에 배에서 토한 적이 있어. 아빠 다그리에가 그러는데, 나의 뇌는 연결 상태가 보통 사람과 달라서 그렇대. 내 뇌는 육지 모드에서 바다 모드로 빨리 전환되지 않는 거야. 뭐 육지에서도 내 육지 모드는 별로 신통치 않은데, 바다에서는 오죽하겠어. 그런데 지금은 내 육지 모드도 신통한 편인걸. 아마도 배가 정박해 있어서 그런 것 같아. 게다가 엄마가 해 주는 부침개처럼 바다도 매우 잔잔해.

잠시 후, 꼬마 기차를 탔을 때와 똑같은 일이 벌어졌어. 어떤 아저씨가 표를 보여 달라고 했어. 나는 꼬마 기차에서처럼 내 어버버버 실력을 유감없이 보여 줬지. 그 아저씨도 소렌티노 아저씨처럼 별말 없이 지나갔어. 그런데 꼬마 기차와는 딴판이었지. 배에 탄 어떤 사람도 그 일로 시비를 걸지 않았어.

배는 이쪽 부두를 떠나 맞은편 부두에 닿았어. 배에 있던 사람들이 내리고 다른 사람들이 배에 올랐지. 이보다 더 좋은 일이 어디 있어? 배는 얼음판처럼 잔잔한 바다로 미끄러졌고, 나는 뱃멀미를 하지 않았어. 게다가 가만히 앉아 있으면 처음 배를 탄 부두로 되돌아가.

이 배는 10분도 안 되는 바닷길을 왔다 갔다만 해. 정말 웃기지 않아? 큰 바다로 나가는 것이 두려운 것처럼 두 부두 사이에 꼭 틀어박혀 있으니 말이야.

서너 번쯤 왕복했을까? 선장 아저씨가 왔어.

"어이! 거기 있었군. 배에 밀항자가 있다던데, 그게 자넨가? 어때 꼬마 친구, 내 배가 마음에 들어?"

알렉상드르

당드로 씨는 벵자맹의 동생 알렉상드르가 다니는 학교의 교장 선생님이다. 그는 진심으로 아이들을 사랑한다. 그에게는 자식이 없다. 그래서 2년 전에 입양을 결정했다. 여러 가지 절차가 완전히 마무리될 때까지 당드로 씨는 '우리 대가족'이라고 부르는 200여 명의 아이를 돌보기로 했다.

어떤 이유에서든지 수업을 방해한다는 것은 당드로 씨로서는 상상할 수 없는 일이다. 알렉상드르의 부모님이 찾아와서 수업 중에 아이를 데려가야 할 것 같다고 말했을 때, 당드로 선생님은 두말할 것도 없이 거절했다. 그는 머리끝까지 화가 났다. 하지만 곧 퉁퉁 부어 있는 다그리에 부인의 눈을 보았고, 다그리에 씨가 이러저러한 사정을 설명하자, 선생님은 단 1초도 머뭇거리지 않았다. 당드로 선생님은 교실 문을 조용히 닫으며 멀어져 가는 다그리에 부부를 바라보았다. 당드로 선생님은 진심으로 다그리에의 형을 다시 찾을 수 있기를 바랐다. 아이는 신성하니까.

차에 타자 다그리에 씨는 알렉상드르에게 상황을 설명해 주었다. 다그리에 부인이 물었다.

"형이 갈 만한 데를 알고 있니?"

알렉상드르는 엄마의 질문이 들리지 않았다. 형이 위험에 처해 있다는 사실만으로도 알렉상드르의 머릿속은 혼란스러웠다.

"형은 혼자서 뭘 할 수가 없잖아요. 빨리 찾아야 해요!"

다그리에 부인은 손가락 하나를 들어 아들의 눈앞에 대며
말했다.

"흥분하지 마, 알렉상드르. 흥분하는 것은 전혀 도움이 안
돼. 형이 갈 만한 데를 혹시 알고 있니?"

"형은 언제나 우리랑 같이 다녔잖아요. 우리가 같이 간 데
말고는 아는 데가 없죠. 엄마도 잘 알잖아요!"

다그리에 부인은 머리를 세게 흔들었다. 자신의 무기력함을
참을 수 없었다.

"네 말이 맞다."

다그리에 씨는 언제나 해결책을 향해 달려간다. 그의 기질
안에 새겨져 있는 것이다. 수다 떨기와 해결책 찾기. 이 두 가지
는 그의 꿈속에서도 멈추지 않을 것이라고 다그리에 부인이 자
주 말하곤 했다. 다그리에 씨가 말했다.

"벵자맹이 알 만한 장소와 사람들 목록을 작성해 보는 게 어
떨까?"

"좋아요, 내가 적을게요. 두 사람이 불러 봐."

다그리에 부인은 가방에서 볼펜과 수첩을 꺼내 들었다. 다

그리에 씨는 고양이도 그 안에서 제 새끼를 잃어버릴 것이라며 그녀의 가방을 '다그리에 부인의 미궁'이라고 했다. 하지만 그녀는 언제나 필요한 물건들을 쉽게 찾아냈다. 정말 신기하다.

알렉상드르가 먼저 시작했다.

"형 학교, 우리 학교, 정신과 의사, 운전사 알베르 아저씨, 헤마리아 아줌마, 물리치료사 티에리……."

"천천히, 너무 빠르잖아."

"내 사무실, 몇 번 데려갔었어. 당신 연구실도 작년에 데려갔었지?"

다그리에 부인은 이제 머리글자만 받아 적고 있다. 다그리에 씨와 알렉상드르는 번갈아 가며 속사포처럼 입을 열었다. 그녀는 하나도 놓치고 싶지 않았다.

"빵집!"

알렉상드르가 외쳤다.

"일요일 아침마다 엄마 따라갔잖아요. 과자 얻어먹으려고."

"신문 가판대 청년, 뱅자맹을 좋아했잖아."

"까르푸, 수레 미는 것 좋아하잖아요."

"볼링장, 볼링장 잊지 말라고!"

"파브리스, 코랄리, 형의 제일 친한 친구예요."

"줄리앙 거리의 크레이프 가게! 크레이프 먹으러 가는 것도 좋아하고요."

갑자기 다그리에 부인은 받아쓰기를 멈추었다. 그녀의 눈에는 눈물이 가득 고였다. 그리고 떨리는 목소리로 말했다.

"이런 게 무슨 소용이야. 이게 벵자맹을 어디로 데려갈 수 있겠어요. 전혀 도움이 되지 않아요."

"내 말대로 성탄절에 휴대전화를 사 줬어야 하는 건데."

다그리에 부인은 칼 같은 시선을 남편에게 던졌다. 그제야 다그리에 씨는 자신이 실수했음을 깨달았다. 하지만 이미 입 밖으로 새어 나오고 만 것을 어떻게 할 수 있을까. 절망은 대부분 비난으로 바뀐다. 하지만 그는 그렇게 쉬운 길을 선택할 만큼 바보는 아니었다. 다그리에 씨는 부인을 꼭 끌어안으며 말했다.

"미안해요. 내 잘못이야, 바보 같은 소리지. 이 일은 누구의 잘못도 아니야."

알렉상드르도 엄마 아빠를 끌어안았다. 다그리에 가족은 서로 꼭 끌어안으며 위로했다. 그 자리에 벵자멩만 없었다. 벵자멩이 없다면 다그리에 가족은 완전하지 않았다.

'도대체 어디에 있니?'

다그리에 부인은 속으로 중얼거리며 울음을 터뜨렸다.

세상 끝에서

나는 아직도 페리 보트를 타고 여행 중이야. 이 배를 페리 보트라고 부른대. 선장님이 그랬어. 벌써 일곱 번이나 왕복했는데도 질리지 않아. 마음에 들어. 뱃사람들도 무척 친절해. 이제 이 배의 모든 선원이 내 친구가 됐어. 내 마음은 왕같이 평화로워.

　짬이 나면 선원들은 나한테 와서 이야기를 해. 뱃사람들은 내가 하는 말을 제법 잘 알아들어. 그 아저씨들도 나만큼 이상하게 말해. 생전 처음 듣는 말도 있고, 이상한 억양도 있어. 생선 가게 샹투앙 부인이 아저씨들처럼 말했지. 아빠 다그리에가 샹투앙 부인을 흉내 낼 때면, 동생 다그리에와 나는 자지러지게 웃었어.

잠시 후, 선장님이 큰 장화를 신고 내게 왔어. 소렌티노 아저씨가 했던 것처럼 똑같이 하던걸. 집에 전화를 걸어 주겠다는 둥, 부모님이 걱정하시지 않겠느냐는 둥. 나도 소렌티노 아저씨에게 그랬던 것처럼 또 바보 흉내를 냈어. 선장님은 나름대로 최선을 다했지만, 너희도 알지? 내 고집은 아무도 못 꺾어.

어렸을 때는 혼자 할 수 없는 일이 혼자 할 수 있는 일보다 훨씬 많았어. 이제는 나도 많이 자랐기 때문에 혼자 할 수 있는 일이 혼자 할 수 없는 일보다 훨씬 많아졌지. 혼자서 해야겠다고 생각한 일은 반드시 나 혼자 해냈어. 하지만 나 혼자서는 절대 하지 못할 것 같은 일이 하나 있어. 그건…….

나 혼자의 힘으로 세상 끝까지 가는 거야.

하지만 지금 내 마음에는 총총한 별들이 샘처럼 솟아올라 큰 강이 됐어. 전에는 알지 못했던 세계와 전에는 듣지 못했던 소리와 전에는 생각하지 못했던 감정이 이제 내 안에 흐르고 있어. 누구의 도움도 받지 않고 나 홀로 세상 끝에 닿기라도 한 것처럼.

내 입속으로 거대한 자유가, 높이 나는 새들이나 알 수 있을 것 같은 고독한 자유가 밀려들어 왔어. 먼 바다의 짙푸른 하늘빛이 섞인 자유가 내 작고 둔한 혀 위에 놓여 있어. 한 조각이라도 새어 나갈까 봐 난 입을 굳게 다물고 있어. 단 한 방울도 흘리지 않을 테야. 내 평생 처음 맛보는 거야. 이건 완전히 새로운 거야. 내 말을 잘 들어 봐, 친구들. 아름답게 반짝이는 이 거대한 자유는 도저히 말로 표현할 수 없어. 난 이 맛을 사랑해.

난 지금 환상에 사로잡혔어. 마치 수천 킬로미터를 여행한 것 같고, 그동안 수많은 나라를 지나온 것 같아. 언젠가 동생이 크고 두꺼운 책을 펼쳐서 내게 보여 주었지. 《세계의 문화》라는 책이었어. 거기에서 본 많은 민족과 나라를 내가 이미 만났고 지나온 것 같아.

나를 정신 나간 놈이라고 생각하지 마! 나를 놀릴 생각은 꿈에도 하지 마. 정신병자 취급받는 것만큼 화나는 일은 없으니까. 나는 오늘 내가 사는 도시도 떠나지 못했다는 것 잘 알아. 이 따위 불편한 몸을 가진 나에게 고작해야 옆 동네가 세상 끝이겠지. 하지만 상관없어. 내 마음속에 흐르는 찬란한 별들의 강을 보지 못한다면 너희는 죽을 때까지 내가 무슨 말을 하는지 이해할 수 없을 거야.

여행을 마쳐야 할 시간이 다가오고 있어. 세상 끝을 보았으니 이제 집으로 돌아가야지. 내가 사랑하는 사람들이 참을 수 없을 만큼 보고 싶어.

사실 많이 피곤해. 하지만 무엇보다 저녁 시간표는 꼭 지켜야 해. 텔레비전 말이야. 난 5시부터 23시 30분까지 프로그램을 모두 외우지. 그런 것쯤은 그리 어려운 일이 아니야. 우리 집에는 유선방송이 연결되어 있지 않거든. 부모님께서 반대하셔. 채널 다섯 개면 바보짓은 충분히 볼 수 있는데, 거기에다 어떤 바보짓을 볼까 하는 고민거리만 백배로 늘리는 것은 현명한 일이 아니라고 하셨어. 나도 부모님 말씀이 옳다고 생각해. 사실은 그

덕에 내 마음에서도 가시를 하나 뽑은 셈이지. 한번 생각해 봐. 50개가 넘는 채널의 프로그램을 모두 외워야 한다면 어떨지. 그건 정말 보통 일이 아니야.

오늘 밤 20시 55분, 1번에서 루이 드뤼네가 주연한 영화를 해. 무슨 일이 있어도 그 영화는 꼭 봐야겠어. 드뤼네는 무척 웃기거든. 꼭 내 모습을 보는 것처럼 웃겨. 얼굴이 마구 일그러지는 것도 그렇고, 온몸을 비틀면서 못 참아하는 것도 나랑 똑같아. 게다가 드뤼네가 하는 말은 아무도 못 알아들어. 그것도 나랑 정말 똑같아. 드뤼네가 진짜 우리 아빠가 아닐까 의심스럽다니까.

오늘 밤에는 〈위대한 자들의 광기〉라는 영화를 해. 벌써 열세 번이나 봤지. 다 외우고 있어. 배우들, 감독, 제작진들 이름도 다 외워. 오늘도 보게 된다면 열네 번째가 되겠지. 아빠는 열세 번도 대단하다고 말하지만, 아빠가 잘못 생각하는 거야.

페리 보트가 내가 탔던 부두에 닿았고, 난 배에서 내렸어. 배 바닥에 길게 뻗지 않으려면 주의해야 해. 육지에 안전하게 내려섰을 때, 돌아서서 선장님께 손을 흔들었어. 너희는 흉내도 못

내는 주름살투성이의 웃음을 멋지게 날려 주었지. 선장님은 배에 오르는 사람들 머리 위로 날 향해 소리쳤어.

"어이! 잘생긴 친구, 잘 가! 몸조심하고! 내가 보고 싶으면 언제든 다시 와!"

그리고 선장님은 조종석에 앉았지. 배는 맞은편 항구를 향해 떠났어. 배가 멀어지는 것을 한동안 바라보았어.

'어떻게 집에 돌아갈 수 있을까?' 하고 머뭇거리며 반쯤 돌아섰을 때, 뭔가 거세게 나를 떠밀었어. 하마터면 바다 속으로 거꾸로 처박힐 뻔했어. 다행히 누군가 내 팔을 붙들어서 망신은 면했지. 난 고개를 들었어.

유명한 선생님

미셸 가레디아는 유명한 언어학자이다. 그는 올바른 프랑스어 사용에 대해 정통했다. 만약 바른 말 쓰기와 관련해서 의문이 있으면 도시 전체가 가레디아 박사에게 자문을 구한다. 신문사, 라디오 방송사, 텔레비전 방송사 등 모든 언론 매체가 그의 도움을 구했다. 가레디아 박사가 작년에 출판한 《바른 말 쓰기》는 대단한 성공을 거두었고, 지금은 2편을 준비하고 있다.

가레디아 박사는 현재 언어연구소의 고문이고, 티몬 의대를 비롯해 여러 학교에서 강의를 맡고 있다. 그리고 일주일에 한 번은 생티스 특수학교에 나간다. 정기적인 일정은 이 정도지만, 여러 기관에서 수시로 도움을 청하기 때문에 그는 굉장히 바쁘다. 가레디아 박사는 지금 방송국에 가는 중이다.

　골똘히 생각에 잠겨 빠른 걸음으로 걸어가던 가레디아 박사는 무엇인가에 세게 부딪쳤다. 어린아이였다. 워낙 세게 부딪쳤기 때문에 튕겨 나간 소년은 바다로 떨어질 뻔했다. 가레디아의 뛰어난 반사 신경이 소년을 구했다. 가레디아 박사는 그제야 자신이 바다에 처박을 뻔한 소년이 누구인지 알아보았다.

우연한 만남

이게 꿈이야 생시야? 믿을 수가 없어. 가레디아 선생님이야. 나를 바다에 빠뜨릴 뻔한 사람이 가레디아 선생님이라고. 가레디아 선생님은 일주일에 한 번씩 우리 학교에 오는데, 30분 동안은 나하고만 수업을 하시지. 그때 나는 아주 힘든 발음을 연습해야 해. 그것도 모자라서 초록색 공책에 숙제를 내 주셔. 그 숙제는 내 것이기도 하고 엄마 아빠 것이기도 해. 초록색 공책을 보면서 일주일 동안 엄마 아빠랑 발음 연습을 해야 해. 그나마 선생님 덕분에 이만큼 말할 수 있게 된 거야. 이제는 사람들이 알아들을 수 있게 말하지.

아빠 다그리에가 짝수 날, 엄마 다그리에가 홀수 날 발음 연습을 도와줘. '아빠 다그리에는 짝수 날.' 이 말이 나는 매우 웃겨. 프랑스 말에서는 '아빠'와 '짝수'는 발음이 같아. 그러니까 '짝수 날'이라고 하면, '아빠 날'로 들리지. 난 '아빠 다그리에는 짝수 날' 하고 말하며 배꼽을 잡고 웃어. 하지만 식구들은 이 농담을 별로 좋아하지 않아. 동생 다그리에는 이제 지겹지도 않느냐면서 짜증을 내.

가레디아 선생님과 수업을 시작한 지 2년이 됐어. 그래서 이만큼 나아진 거야. 번역가 한 사람만 있으면 너희에게 말할 수 있다는 것이 그 증거야. 만약 2년 전 같았으면 지금보다 백배는 훌륭한 번역가가 최소한 세 명은 필요했을걸.

가레디아 선생님도 나만큼 놀랐어.

"벵자맹 아니야? 무슨 일이야, 무슨 볼일이 있어서 여기까지 온 거니? 학교 안 가도 되는 거야?"

난 가레디아 선생님을 정말 좋아해. 가레디아 선생님이라면 전혀 긴장하지 않고 말할 수 있어. 난 차분하게 오늘 하루 있었던 일을 차근차근 이야기했어. 선생님은 "그래서 어떻게 됐다고? 다시 말해 봐", "그래서 어떻게 되었어?" 하며 내 이야기를 열심히 들어 주셨어. 나는 굉장히 오랫동안 이야기했어. 선생님이 자꾸 자세하게 물어보는 데다, 나도 별것도 아닌 시시콜콜한 것까지 다 이야기했거든. 그러니까 말이지 너희 같은 보통 사람들에게는 시시한 이야기지만, 자질구레한 일들도 내게는 아주 중요한 사건들이야. 그런 중요한 사건이 내 이야기 속에는 한 100만 톤쯤 들어 있었거든. 사람들이 무슨 옷을 입었는지, 어떻게 말하는지, 몇 시 몇 분에 무슨 일이 있었는지, 내가 어느 거리를 지나갔는지. 정말이지 밤을 새울 뻔했어. 벵자멩의 모험 이야기가 끝났을 때, 나는 좀 지쳤어.

"이제 어떻게 할까? 여행을 계속할 테야, 벵자멩? 아니지, 이제 집에 돌아가야지."

이렇게 말씀하시며 휴대전화를 꺼냈어.

"부모님께 전화를 드려야겠다. 부모님이 오시는 동안 우리는 저기 아이스크림 가게 테라스에 앉아 시원한 걸 마시도록 하자. 선생님이 한턱낼게. 좋지?"

난 고개를 끄덕거렸어. 바다가 보이는 테라스에 앉아서 아이스크림도 먹고 부모님도 다시 보게 된다는데 누가 싫다고 하겠어. 싫다고 말한다면 정신이 좀 나간 게 아니겠어?

"좋아, 날 따라오렴."

선생님이 날 부축해서 길을 건넜어. 자동차들은 친절했어. 내가 몸이 불편한 것을 알고 모두 차를 세웠어. 게다가 못마땅한 표정을 짓지도 않았어. 난 복 받은 거야. 이렇게 착한 운전사들을 만났으니까.

선생님은 자동차 앞을 지날 때마다 운전사에게 고맙다고 손을 들었어. 우리는 페리 보트 선착장이 마주 보이는 테라스에 자리를 잡았어.

"마르세유식으로는 페리 부아트라고 하지."

가레디아 선생님은 마르세유에서 제일 유명한 언어학자야. 선생님이 손을 들어 종업원을 불렀어. 다른 손으로는 전화를 걸

고 계셨지. 그리고 누군가와 통화를 하셨는데, 나는 아이스크림
을 고르느라 정신이 없어서 무슨 말씀을 하시는지 듣지 못했어.

부모님을 다시 만나다

가레디아 선생님은 나보다 더 돼지 같았어. 바가지만 한 사발에 아이스크림을 산처럼 쌓아서 드시더라고. 다 드시지도 못했어. 내가 "음식을 남기는 것은 예의 바른 행동이 아니에요"라고 하자, 선생님은 몇 번이나 이렇게 말하는 거야.

"나는 배보다 눈이 더 커!"

그 말이 너무 웃겨서, 그렇게 말씀하실 때마다 나는 배꼽을 잡고 웃어. 아이스크림을 거의 다 먹었을 때, 길 건너편에 아빠 다그리에의 차가 섰어. 자동차 문이 열리고 엄마 다그리에가 제일 먼저 보였어. 엄마는 무섭게 달려오더니 나를 와락 끌어안았지. 너무 무섭게 달려들어서 깜짝 놀랐다니까. 나는 숨이 막혀 죽을 것 같았어.

"벵자멩, 괜찮니?"

"그럼요. 괜찮아요, 엄마. 나, 오늘 대여행을 했어요."

엄마는 눈을 동그랗게 뜨고 한 발 물러서서 몸을 낮추고 나를 뚫어지게 쳐다보았어.

"여행?"

"아니요! 그냥 여행이 아니라 대여행이요! 혼자서 버스도 타고, 기차도 타고, 배도 탔어요. 혼자서 말예요. 누구의 도움도 받지 않고요."

그러자 아빠와 동생 다그리에가 달려왔어. 동생은 나한테 뽀뽀하면서 얼굴에 침을 잔뜩 묻혔어. 난 얼굴에 침 묻히는 것 못 참아! 아빠는 내 머리를 쓰다듬어 주었어.

"많이 피곤하겠구나. 어서 집으로 돌아가자. 뜨거운 물에 목

욕을 하고 나서 뱅자맹의 모험 이야기를 들어 볼까?"

아빠는 가레디아 선생님의 손을 꼭 붙들고 고맙다고 인사했
지. 가레디아 선생님이 대답했어.

"당연한 일인걸요. 누구라도 제 입장이었다면 저처럼 했을
거예요."

아빠 차에 타자마자 어떻게 됐는지 말하지 않아도 알겠지. 순서
도 없이 시끄럽게 막 물어보는 거야. 뜨거운 물에 목욕은커녕
집에 도착하지도 않았는데 말이야. 대소동이었어, 대소동. 이런
것, 견디기 힘들어.

"왜 잠자코 택시를 기다리지 않았어?"

"어떻게 항구까지 오게 된 거야?"

"배고프지 않니? 차 세우고 먹을 것을 좀 살까?"

"여자 애들은? 여자 애들이랑 대화도 해 봤어?"

마지막 질문은 내 동생이 한 거야. 쪼그만한 게 너무 밝히는
것 같아. 그래도 난 이 녀석을 사랑해. 처음에는 질문마다 선선
히 답해 주었는데, 식구들은 내 말이 끝나기도 전에 앞 다투어

다른 질문을 해 대는 거야. 내 머릿속은 엉망이 돼 버렸어. 아빠가 눈치 챘지. 내가 굴처럼 껍질 속으로 들어가고 있다는 것을 말이야. 가족 행사가 있을 때면 식탁에 오르던 굴처럼.

"이제 그만, 다들 그만 해! 숨 좀 돌리게 놔두시죠! 나중에 다 듣게 될 거야."

차 안은 한동안 조용했지. 하지만 나는 알고 있어. 물어보고 싶은 것을 참느라고 모두 입술을 꼭 깨물고 있다는 것을 말이야. 아빠는 나빠, 자기가 조용히 하라고 말해 놓고 먼저 말을 했어.

"여보, 전화 좀 돌려요. 벵자맹을 찾았다고. 그리고 벵자맹은 별 탈 없이 잘 있다고."

나는 깜짝 놀랐어. 평소에 엄마는 아빠가 무슨 부탁이라도 할 것 같으면 없는 핑계를 만들어서라도 빠져나갔거든. 그런데 이번에는 싫은 기색 하나 없이 아빠가 시키는 대로 하는 거야.

엄마는 백만 통쯤 전화를 돌렸어. 그제야 깨달았지. 우리 가족은 나를 찾으려고 온 세상을 뒤졌던 거야. 조금 창피했어. 다른 한편으로는 내가 아주 중요한 사람이 된 것 같아 기분이 좋

앉어.

오래지 않아서 집에 도착했어. 동생이 제일 먼저 차에서 뛰어내리더니 "욕조에 물 받아 놓을게!" 하면서 집으로 달려갔어. 엄마는 "벵자멩, 맛있는 걸 해 줄게" 하고 말했어. 하지만 너희도 알잖아. 맛있는 요리랑 엄마는 안 어울려. 아빠는 "나는 그럼…… 그런데 나는 뭘 하지?" 하고 말했지. 나한테 좋은 생각이 떠올랐어. 목욕하고 저녁 먹는 사이에 엄마, 아빠, 동생은 끝도 없이 질문을 늘어놓을 테니까. 저녁 영화를 놓칠 수도 있겠지? 그런 일은 절대 있어선 안 돼.

"아빠는 질문 열 개를 만들어요. 열한 개도 안 돼. 딱 열 개만."

"왜 열 개뿐이야?"

아빠가 얼마나 서운해하는지 나는 미안한 마음이 들었어. 그래도 열 개를 넘기면 절대 안 돼.

"그렇지 않으면 영화를 볼 수가 없어요. 영화는 처음부터 봐야 해. 질문이 열 개가 넘으면 처음부터 볼 수 없단 말예요."

"맞네요. 오늘 밤 벵자멩은 영화를 봐야 해요. 벵자멩 아빠가 나오잖아요."

엄마가 말하자 모두들 웃었어. 난 우리 가족이 웃는 게 좋아.

"좋아, 그럼 열 개."

아빠는 길게 한숨을 내쉬었지. 아빠가 불쌍했지만 어쩔 수
없었어. 영화는 처음부터 봐야 하니까. 아빠는 나를 품에 꼭 안
았어. 숨이 막혔는데 말 안 했어. 아빠의 행복을 깨기는 싫었거
든.

"어유, 피곤해요. 영화 끝나면 내일 아침 자명종이 울릴 때
까지 자야겠어요."

"못된 벵자멩…… 엄마, 아빠를 겁주는구나!"

아빠가 놀렸어.

또 하루

알베르 아저씨

알베르 씨는 뜨거운 커피 잔을 앞에 놓고 적당히 식을 때까지 신문을 읽는다. 세상에서 벌어지는 많은 사건을 보고 있으면, 슬펐다가 기뻤다가 우울했다가 즐거웠다가 심한 감정의 변화를 느낀다.

한 시간 후면 생티스로 가는 어린 여행자들을 만나게 된다.

어제 벵자멩은 버스를 타지 않았다. 만약 벵자멩에게 아무 일도 없다면, 오늘은 만나게 될 것이다. 벵자멩은 아마 빨리 달리라고 소리치고, 다른 아이들도 벵자멩을 따라 빨리 달리라고 소란을 떨 것이다. 알베르 씨는 아이들을 진정시키려고 아이들보다 더 크게 떠들 테고, 버스 안은 온통 아수라장이 될 것이다. 거의 매일 일어나는 일이다. 벌써 몇 년이나 이렇게 아침을 보냈는지.

택시 운전사 조

조셉 알지오는 살며시 한쪽 눈을 떴다. 전날 밤 구급차를 타고 집에 돌아왔다. 조셉은 침대에 홀로 남았다. 아내는 벌써 출근했고, 아들은 어제 집에 들어오지 않았다. 친구 집에서 잔 것이다. 통증이 어제의 사고를 기억하고 있었다. 어려운 시기가 닥친 것이다. 최소한 한 달은 방구석에 처박혀 있어야 할 테니.

조셉은 또 공상하기 시작한다. 상상 속에서 그는 위대한 탐험가이다. 북극을 탐험하다가 폭풍이 몰아치는 가운데 홀로 조난을 당했다. 이제 얼음집을 짓고 구조대가 도착할 때까지 기다리는 수밖에 없다. 위험하고 지루한 4주 동안 북극곰과 싸우며, 두껍게 언 바다에 구멍을 뚫어 물고기를 잡고, 물개 가죽으로 옷을 지어 입어야 한다.

멜라니

멜라니는 전화기를 붙들고 있다. 인라인스케이트를 탔던 소년 케빈과 통화하는 중이다. 어제 모자란 녀석을 골려 준 일을 이야기하며 히히덕거리고 있다.

　멜라니 등 뒤에서 어머니가 잔소리를 하신다. 하루 종일 전화기를 붙들고 사느냐는 둥, 전화세가 얼마나 나오는지 아느냐는 둥. 하지만 멜라니는 못 들은 척한다. 멜라니는 오늘도 학교에 가지 않을 것이고, 거리를 헤매며 하루를 보낼 것이다. 그리고 시간을 보내기 위해 어제와 비슷한 못된 장난을, 한두 건 저지를 것이다.

프레라 교장 선생님

프레라 씨는 혹시 누락된 문서가 없는지 다시 확인하는 중이다. 잘못된 것은 없다. 벌써 세 번째 확인하지만 역시 아무 문제 없다. 그는 언제나 이렇다. 프레라 씨는 소심하고 걱정이 많다. 특히나 오늘은 교육청에서 장학 검열이 있는 날이다.

뱅자맹은 집에 돌아왔을까, 궁금해졌다. 만약 오늘도 결석한다면 부모님께 전화를 걸어야 한다. 자리에서 일어나며 불안한 듯 남은 커피를 비웠다. 커피 한 방울이 셔츠에 튀어 얼룩을 만들었지만, 그는 알아채지 못했다.

모멘티 사장님

모멘티 씨는 온몸이 뻐근했다. 잠자리가 불편했던 탓이다. 간이 침대는 정말 불편하다. 창밖으로 가지런히 늘어선 택시들이 보인다. 커피를 내리는 동안 모멘티 씨는 사무실 옆에 딸린 작은 화장실에서 면도를 한다. 그는 거울을 들여다본다. 그는 올해 서른다섯 살이다. 하지만 거울 속에는 쉰 살쯤 되어 보이는 사

내가 있다. 당장 집으로 가서 아이들을 꼭 안아 줘야지, 하고 생각했다.

갈레스트렝 부인

갈레스트렝 부인은 20분 동안이나 결정을 못하고 망설이고 있다. 사과 색 치마를 입을까, 아니면 고전적인 것으로 입을까? 앞으로 한 시간은 더 기다려야 우리는 그녀가 오늘 무슨 옷을 입을지 알 수 있을 것이다. 그녀는 창가로 가서 커튼을 젖히고 이웃집을 바라보았다. 어제 잃어버렸다던 큰아들은 찾았는지 물어봐야겠다고 생각한다.

파브르 경감

파브르 씨는 어젯밤 당직이었다. 하룻밤 동안 자신과 아무 상관도 없는 불행들을 감당한다는 것, 너무 복잡하거나 맥 빠지는 사건들, 당직 근무에는 넌더리가 났다. 어제저녁은 그럭저럭 만족한 하루였다. 벵자멩을 찾았으니까. 물론 경찰이 한 일은 별로 없었지만 파브르 씨는 다그리에 부부의 아픔을 조금은 알 것 같았기 때문이다. 한 남자가 들어섰다.

"여기 커피하고 크루아상이요! 뜨거우니 조심하세요!"

남자는 책상 모서리에 발을 부딪히더니 철퍼덕 하고 바닥에 쭉 뻗었다. 하늘로 날아오른 크루아상은 파브르 경감 발치에 추락하여 장렬히 전사했다.

"저는 왜 이렇게 재수가 없을까요?"

가스트롱 경사가 기죽은 목소리로 말했다.

소렌티노 아저씨

소렌티노 씨는 꼬마 기차를 정성껏 손질하고 있다.

'광택제를 바르면 정오 햇살에 멋지게 빛난단 말이야!'

꼬마 기차가 여행을 시작하려면 아직 몇 시간이나 남았지만, 소렌티노 씨는 태양이 떠오르는 조용한 시간을 꼬마 기차와 함께하는 것이 좋았다. 어제 엄청난 봉사료를 가져다준 소년을

생각했다. 벵자멩을 생각하는 소렌티노 씨의 얼굴에 웃음이 번
졌다. 그는 두 번째 객차에 묻은 작은 얼룩을 발견하고 손에 침
을 발라 열심히 문질렀다.

종업원 누나

소렌티노 씨와 벵자멩이 어제 점심 식사를 한 식당의 종업원 누
나는 아직 자는 중이다. 그녀는 벵자멩을 기억하지도 못한다.
어제 지친 몸을 이끌고 집에 돌아와 음악을 들으며 침대에 엎드
려서 책을 읽었다. 다섯 줄을 채 못 읽고 잠이 들었다. 책은 미
끄러져 바닥으로 굴렀다. 10시쯤이나 되어야 일어나서 샤워를
하고 일터로 갈 것이다.

필로나 박사

필로나 박사는 비단 잠옷을 입고 모차르트 음악을 들으며 안락
의자에 앉아 있다. 바삭한 빵에 버터를 바르고, 벽난로 위에 놓

여 있는 시든 장미를 치우고, 앵무새에게 먹이를 주고, 어제 시간이 없어서 열어 보지 못한 우편물을 확인했다. 필로나 박사는 정말로 궁금했다. 다그리에 부인은 왜 자신에게 아이가 있는지 물었을까?

선장님

선장은 스페인 범선을 손질하고 있다. 그의 아침은 15년 동안 변함없이 이렇게 시작된다. 그는 새벽에 일어나 작은 배들을 한 자리에 모아 놓고 하나씩 쭉 살펴본다. 그가 수집한 모형들은 이제 백 척이 넘는 대선단을 이루고 있다. 만약 벵자맹을 다시 만난다면 집으로 초대해서 대선단을 보여 줘야겠다고 생각했다.

"벵자맹에게 페리 보트 모형을 선물해야겠다."

페리 보트 모형은 선장이 가장 아끼는 배 중 하나이다.

가레디아 박사

또다시 무서운 하루가 가레디아 선생을 기다리고 있다. 어쩔 수 없다. 권위를 가진 학자라면 당연히 져야 할 사회적 책임 같은 것이다. 따뜻한 침대에서 간신히 몸을 뽑아내서 무겁게 걸음을 옮겨 욕실로 들어간다. 어제 부둣가에서 벵자멩과 우연히 만난 것을 다시 떠올린다. 믿기지 않는 일이다. 벵자멩 덕분에 달콤한 휴식을 취할 수 있었다. 거실로 가서 벽에 붙여 놓은 일정표를 살핀다. 이름과 숫자가 빈틈없이 늘어서 있다. 21시까지는 쉴 틈이 없다. 끼니나 제대로 챙길 수 있을지 걱정이다.

될 대로 되란 식으로 모두 팽개치고 다시 침대에 가서 눕고 싶은 생각이 불끈 솟는다.

벵자멩

난 아직 이불 속에 있어. 살며시 눈을 뜨고 밖에서 무슨 소리가 들리는지 귀를 기울이지. 아침이 오는 소리, 도시가 눈을 뜨는 소리가 들려. 청소부 아저씨들이 쓰레기통을 청소차에 던져 넣는 소리 같은 것. 사람들이 이 시간에 잠을 자야 한다는 것을 청소부 아저씨들은 모르나 봐. 어…… 어…… 난, 이런 것, 견딜 수 없어. 아, 아침부터 이렇게 기분이 구겨진다면 하루를 행복하게 살 수 없단 말이야.

우리 집은 아직 조용해. 부모님은 주무실 거야. 동생은 아마 일어났을걸. 보지 않아도 알 수 있어. 이불을 뒤집어쓰고 만화책을 읽고 있을 거야. 난 천천히 눈을 감았어. 다시 잠들려고 애를 썼지. 어쩌면 오늘도 기적이 일어날지 몰라.

자명종이 또 고장 나기만 한다면.

옮긴이의 말

지금보다 조금 어렸던 시절에, 어머니가 즐겨 보시던 아침 방송에서 한 소녀를 만났다.

무대에는 어머니와 딸이 나와 앉아 있었다. 사회자가 말을 건네는 쪽은 주로 (아니, 전적으로) 어머니였다. 다운증후군인 딸을 키우는 일이 얼마나 힘들고 고된 일인지, 얼마나 정성과 노력이 필요했는지, 딸이 셋이라는 숫자 개념을 이해했던 날 얼마나 기뻤는지 등등 어머니와 사회자의 대담이 이어졌다. 몇 마디만 들어도 얼마나 훌륭한 어머니인지 알 수 있었다.
그 어머니는 존경받을 만한 분이다. 하지만 내가 더 존경하는 이는 그녀의 딸, 다운증후군 소녀이다.

아침 방송답게, 딸이 어머니에게 보내는 편지를 공개하는 꼭지가 있었다. 배경음악도 빠지지 않았다.
소녀가 쓴 편지의 전문을 기억하지는 않지만, 정신이 번쩍 들게

한 대목은 한두 글자를 제외하고 거의 전부 기억하고 있다. 아래와 같다.

'사랑하는 엄마, 엄마가 제 걱정을 얼마나 많이 하시는지 알아요. 하지만 너무 걱정 마세요. 삶은 누구에게나 힘든 거잖아요.'

소녀의 말대로라면, 저들을 불쌍하게 보는 우리(보통 사람)의 삶이, 신체적으로나 정신적으로 불리한 조건을 가진 저들의 삶보다 더 나을 것이 없다는 것이다. 정말 그럴까?
이 작품은 소녀와 비슷한 처지에 있는 한 소년의 이야기이다. 위의 질문에 호기심이 발동하는 사람들은 이 책을 꼭 읽어 보기를 바란다.

2007년 11월 김동찬

장 뤽 루시아니 글 ● 김동찬 옮김

1판 1쇄 발행 2007년 11월 5일
1판 3쇄 발행 2009년 1월 5일

발행인 서경석ㅣ편집인 김민정ㅣ편집 이윤정

발행처 청어람주니어ㅣ출판등록 제1081-1-89호
서울시 마포구 성산동 254-10 202호
전화 02-323-8225, 6ㅣ전송 02-323-8227

junior@chungeoram.com

ISBN 978-89-251-0929-9 43860